劇場版

ACMA:GAME

最後の鍵

映画
ノベライズ

[文] 百舌涼一
[原作] メーブ　[作画] 恵広史
[脚本] いずみ吉紘　谷口純一郎

Kodansha K·K bunko

目次

αγώνα《アゴナ》 για《ヤ》 την《ティン》 επιθυμία《エピシミア》

——欲望《よくぼう》のために戦《たたか》い

νίκη《ニキ》 για《ヤ》 την《ティン》 επιθυμία《エピシミア》

——欲望《よくぼう》のために勝利《しょうり》する

Ορκίζομαι《オルキゾメ》 στον《ストン》 διάβολο《ディアボロ》

——悪魔《あくま》に誓《ちか》って

プロローグ

「ドドォオオオオオオオーーーーン!!」

　空《そら》から落《お》ちてきた爆弾《ばくだん》がものすごい音《おと》をたてて破裂《はれつ》する。そこら一帯《いったい》にあった建物《たてもの》が一瞬《いっしゅん》で瓦礫《がれき》と化《か》す。

「ダダダ！　ダダダダダダ！　ダダダダダダダッ！」

　今度《こんど》は銃声《じゅうせい》が聞《き》こえてくる。その後《あと》には必《かなら》ず悲鳴《ひめい》が聞《き》こえてくる。少年《しょうねん》はたまらず耳《みみ》をふさぐ。

　ただ、まだ幼《おさな》く小《ちい》さな手《て》では、この地獄《じごく》で奏《かな》でられるような「死《し》のオーケストラ」をさえぎることはできない。

「蘭《らん》！　逃《に》げよう。見《み》つかったら殺《ころ》される。」

幼《おさな》い少年《しょうねん》は、自分《じぶん》よりもさらに幼《おさな》い妹《いもうと》を守《まも》るため、ここから一刻《いっこく》も早《はや》く離《はな》れようとした。

「⁉　蘭《らん》？」

しかし、妹《いもうと》は泥壁《どろかべ》に見《み》たこともない文字《もじ》を書《か》きながら、ゆっくりと少年《しょうねん》の目《め》を見《み》つめ、口《くち》を開《ひら》いた。

「……外《そと》はまさに地獄《じごく》だな。」

「⁉」

少年《しょうねん》は言葉《ことば》を失《うしな》った。まだ幼《おさな》い妹《いもうと》が、明《あき》らかに別人《べつじん》の声《こえ》でそうつぶやいたから。しかもその声《こえ》は、いま目《め》の前《まえ》にある地獄《じごく》のような世界《せかい》にふさわしい恐《おそ》ろしい声《こえ》だった。

「この世界《せかい》でおまえはなにを望《のぞ》む？」

妹《いもうと》の口《くち》を使《つか》って誰《だれ》かが少年《しょうねん》に尋《たず》ねた。

「…………」

少年《しょうねん》は答《こた》えることができない。唯一《ゆいいつ》「誰《だれ》？」とだけ質問《しつもん》を返《かえ》すことはできた。

しかし、その声《こえ》の主《ぬし》は質問《しつもん》には答《こた》えない。

「この鍵《かぎ》を九十九本集《あつ》めろ。そうすれば我《われ》はおまえの前《まえ》に姿《すがた》を現《あらわ》し、どんな望《のぞ》みでも叶《かな》えてやろう。」

妹《いもうと》はその手《て》に鍵《かぎ》を持《も》っている。いや、それは鍵《かぎ》というにはあまりにいびつな形《かたち》をしていた。まるでこの世《よ》のものではないような。

少年《しょうねん》はその鍵《かぎ》のようなものを受《う》け取《と》りつぶやいた。

「どんな望《のぞ》みでも……？」

妹《いもうと》の身体《からだ》を乗《の》っ取《と》って語《かた》りかけてくるような恐《おそ》ろしい存在《そんざい》のはずなのに、少年《しょうねん》は「望《のぞ》み」という言葉《ことば》に強《つよ》く惹《ひ》かれてしまっていた。

少年《しょうねん》はさきほど、目《め》の前《まえ》で両親《りょうしん》を撃《う》ち殺《ころ》されていた。

いまだまぶたの裏《うら》に残《のこ》る惨劇《さんげき》。

焼《や》き付《つ》けられた地獄《じごく》のような光景《こうけい》を、少年《しょうねん》は消《け》してしまいたかった。

自分《じぶん》たちをこんな目《め》にあわせた世界《せかい》なんて消《き》えてなくなってしまえばいい。少年《しょうねん》は強《つよ》くそう思《おも》っていた。

「ぼくの願《ねが》いは……、」

「ドドォオオオオオオーーーン!!」

少年《しょうねん》の願《ねが》いは、再《ふたた》び落《お》ちてきた爆弾《ばくだん》の音《おと》でかき消《け》されてしまった。

「ドオーーーン!!」

「ドドオオオーーーン!!」

「ダダダダダダッ！」

鳴《な》り止《や》まぬ爆音《ばくおん》の中《なか》、少年《しょうねん》は静《しず》かに、手《て》の中《なか》の「鍵《かぎ》」をじっと見《み》つめていた。

1 悪《あく》魔《ま》の鍵《かぎ》

「こんなものがあるから……。」

織田照朝《おだてるあさ》は、手《て》の中《なか》にある「鍵《かぎ》」を見《み》つめながら、つぶやいた。しかし、それは「鍵《かぎ》」と言《い》われなければわからないほどに不思議《ふしぎ》な形状《けいじょう》をしていた。

「悪魔《あくま》の鍵《かぎ》……。」

照朝《てるあさ》は、いまは亡《な》き父《ちち》「清司《せいじ》」の言葉《ことば》を思《おも》い出《だ》していた。

――いいか、照朝《てるあさ》。万《まん》が一《いち》のときのためにこの鍵《かぎ》はおまえに預《あず》ける。

十三年前《ねんまえ》。まだ中学生《ちゅうがくせい》だった照朝《てるあさ》は、誰《だれ》よりも尊敬《そんけい》する父《ちち》から、「悪魔《あくま》の鍵《かぎ》」を受《う》け取《と》っていた。

「万《まん》が一《いち》」。そんなことが起《お》こるなんて夢《ゆめ》にも思《おも》わなかったある日《ひ》。

――バァアン！

――父《とう》さん!?

清司《せいじ》は、銃弾《じゅうだん》に倒《たお》れた。撃《う》ったのは「崩心祷《ほうしんいのる》」という男《おとこ》。悪魔《あくま》の鍵《かぎ》を奪《うば》いにきたのだ。

父《ちち》を殺《ころ》された日《ひ》から、照朝《てるあさ》はその原因《げんいん》となった「悪魔《あくま》の鍵《かぎ》」の秘密《ひみつ》を知《し》るために、世界《せかい》中《じゅう》を放浪《ほうろう》した。

――これと同《おな》じような鍵《かぎ》を見《み》たことがありませんか？

――不思議《ふしぎ》な鍵《かぎ》がこの村《むら》にあると聞《き》いてきたんです。

――その言《い》い伝《つた》えに出《で》てくる鍵《かぎ》って、もしかしてこんなカタチをしてませんか？

西《にし》へ、東《ひがし》へ、南《みなみ》へ、北《きた》へ。その旅《たび》の中《なか》でわかったこと。

「悪魔《あくま》の鍵《かぎ》は、人間《にんげん》の『欲望《よくぼう》』をかきたて、狂《くる》わせる。はるか大昔《おおむかし》から人類《じんるい》は悪魔《あくま》の鍵《かぎ》を奪《うば》い合《あ》い、多《おお》くの血《ち》を流《なが》してきた。」

人々《ひとびと》を「欲《よく》」で狂《くる》わせる悪魔《あくま》の鍵《かぎ》。父《ちち》、清司《せいじ》はその「欲《よく》」に殺《ころ》され、息子《むすこ》である照朝《てるあさ》は人生《じんせい》を狂《くる》わされた。

復讐《ふくしゅう》を胸《むね》に誓《ちか》った照朝《てるあさ》の耳《みみ》に、日本《にっぽん》で起《お》こっている不思議《ふしぎ》な事件《じけん》の情報《じょうほう》が入《はい》る。

それは、企業《きぎょう》のトップや資産家《しさんか》が全財産《ぜんざいさん》を他人《たにん》に譲《ゆず》って自《みずか》ら命《いのち》を絶《た》つ怪事件《かいじけん》だった。

照朝《てるあさ》はその事件《じけん》を報《ほう》じるニュース映像《えいぞう》の背後《はいご》に、父《ちち》を殺《ころ》した崩心《ほうしん》の姿《すがた》を見《み》つける。

——こいつが関《かか》わっているのか。

その事実《じじつ》に驚《おどろ》きながらも、照朝《てるあさ》は崩心《ほうしん》を見《み》つけ出《だ》し、父《ちち》の復讐《ふくしゅう》を果《は》たすことを心《こころ》に決《き》めた。

調《しら》べていくうちに、一連《いちれん》の怪事件《かいじけん》の背後《はいご》に崩心《ほうしん》が、そして「悪魔《あくま》の鍵《かぎ》」があると確信《かくしん》した照朝《てるあさ》は、SNS《エスエヌエス》に自《みずか》ら鍵《かぎ》の画像《がぞう》をアップした。

——必《かなら》ず俺《おれ》の持《も》つ鍵《かぎ》を狙《ねら》ってくるはずだ。

果《は》たしてやってきたのは「丸子光秀《まるこみつひで》」と名乗《なの》る反社会勢力《はんしゃかいせいりょく》「丸子《まるこ》ファミリー」の二代目《だいめ》。照朝《てるあさ》の読《よ》みどおりSNS《エスエヌエス》の投稿《とうこう》を見《み》て悪魔《あくま》の鍵《かぎ》を奪《うば》いにきたのだ。

ここまでは想定内《そうていない》。しかし、ここから想定《そうてい》を遥《はる》かに超《こ》えることが起《お》きてしまう。

——悪魔《あくま》だと⁉

閉《と》じ込《こ》められた空間《くうかん》に現《あらわ》れたのはゲームマスターを名乗《なの》る「悪魔《あくま》」。ミノタウロスのような姿《すがた》はとてもこの世《よ》のものとは思《おも》えなかった。照朝《てるあさ》の頭《あたま》はその存在《そんざい》を否定《ひてい》するが、本能《ほんのう》的《てき》にそれが実在《じつざい》することを確信《かくしん》してしまう圧倒的存在感《あっとうてきそんざいかん》があった。

閉鎖空間《へいさくうかん》をつくり、悪魔《あくま》を呼《よ》び出《だ》す。それが、悪魔《あくま》の鍵《かぎ》のチカラだったのだ。

丸子《まるこ》は照朝《てるあさ》に「アクマゲーム」を挑《いど》んできた。このゲームは強制参加《きょうせいさんか》。お互《たが》いの命《いのち》を賭《か》けた不可避《ふかひ》の挑戦《ちょうせん》に照朝《てるあさ》は応《おう》じるしかなかった。

苦戦《くせん》しつつもなんとか丸子《まるこ》に勝利《しょうり》した照朝《てるあさ》。丸子《まるこ》の持《も》つ悪魔《あくま》の鍵《かぎ》の所有権《しょゆうけん》が照朝《てるあさ》に移《うつ》る。

勝利《しょうり》の報酬《ほうしゅう》として照朝《てるあさ》にはそれで十分《じゅうぶん》だった。しかし、アクマゲームでの誓約《せいやく》は絶対《ぜったい》。賭《か》けたものは必《かなら》ず清算《せいさん》される。命《いのち》を賭《か》けた丸子《まるこ》もその例外《れいがい》ではなかった。

後味《あとあじ》の悪《わる》い勝利《しょうり》。しかし、照朝《てるあさ》はこのことで覚悟《かくご》を決《き》めた。悪魔《あくま》の鍵《かぎ》の真相《しんそう》に近《ちか》づくため、アクマゲームに参加《さんか》することを。

やがて、このアクマゲームの背後《はいご》に『グングニル』という謎《なぞ》の組織《そしき》の存在《そんざい》があることを知《し》った照朝《てるあさ》。

やつらの狙《ねら》いは、悪魔《あくま》の鍵《かぎ》を九十九本集《ほんあつ》めて、そのチカラで世界《せかい》を作《つく》り変《か》えることだった。

世界《せかい》の変革《へんかく》を望《のぞ》む『グングニル』。父《ちち》を襲《おそ》った崩心《ほうしん》もこの組織《そしき》とつながっているに違《ちが》いない。父《ちち》の復讐《ふくしゅう》のために照朝《てるあさ》は『グングニル』のことを調《しら》べ出《だ》した。

——ようこそ、諸君《しょくん》。私《わたし》がトーナメント主催者《しゅさいしゃ》の崩心《ほうしん》だ。

——やはり!!

『グングニル』の調査《ちょうさ》を続《つづ》ける照朝《てるあさ》の元《もと》に届《とど》けられた「アクマゲームトーナメント」の招待状《しょうたいじょう》。真相《しんそう》を突《つ》き止《と》めるために参戦《さんせん》したそのトーナメントの会場《かいじょう》で照朝《てるあさ》が見《み》たのは、父《ちち》を殺《ころ》した男《おとこ》だった。

——さあ、悪魔《あくま》の鍵《かぎ》を奪《うば》い合《あ》え!

そこに集《あつ》まったのは悪魔《あくま》の鍵《かぎ》の「所有者《ホルダー》」たち。それぞれが譲《ゆず》れない目的《もくてき》を持《も》っていた。

強敵《きょうてき》たちになんとか勝利《しょうり》した照朝《てるあさ》はトーナメントの決勝《けっしょう》に進《すす》んだ。

ゲームの中《なか》で判明《はんめい》する本当《ほんとう》の黒幕《くろまく》。それは、主催者《しゅさいしゃ》の崩心《ほうしん》ではなかった。『グングニル』には「ガイド」と呼《よ》ばれる指導者《しどうしゃ》が存在《そんざい》していた。

——照朝《てるあさ》、私《わたし》だ。

——と、父《とう》さん!?

照朝《てるあさ》は、自身《じしん》の目《め》を疑《うたが》った。そこには、死《し》んだはずの父《ちち》、清司《せいじ》が立《た》っていたからだ。『グングニル』を統《す》べ、この世界《せかい》を作《つく》り変《か》えんとしているのは、照朝《てるあさ》が世界中《せかいじゅう》の誰《だれ》よりも尊敬《そんけい》している父《ちち》だった。

——そ、そんな、嘘《うそ》だ。嘘《うそ》だと言《い》ってくれ、父《とう》さん!!

清司《せいじ》は、最愛《さいあい》の妻《つま》をテロで失《うしな》っていた。醜《みにく》い争《あらそ》いを生《う》み続《つづ》けるこの世界《せかい》に妻《つま》を殺《ころ》されたと感《かん》じた清司《せいじ》は、「ガイド」となって世界《せかい》を再生《さいせい》することにしたのだった。

「世界《せかい》を変《か》える」という欲望《よくぼう》に囚《とら》われた清司《せいじ》を救《すく》うためにも、照朝《てるあさ》は「ガイド」に勝《か》たなければいけなかった。

すべての元凶《げんきょう》は、悪魔《あくま》の鍵《かぎ》。照朝《てるあさ》は、中学《ちゅうがく》の同級生《どうきゅうせい》の「斉藤初《さいとうtrue》」や「眞鍋悠季《まなべゆうき》」、そして他《ほか》のトーナメント参加者《さんかしゃ》たちと力《ちから》を合《あ》わせて『グングニル』を倒《たお》した。

——父《とう》さん、お、俺《おれ》……。

——照朝《てるあさ》、『ミテラタート』へ、行《い》け。

父《ちち》が最期《さいご》に遺《のこ》した言葉《ことば》。それが、悪魔《あくま》の鍵《かぎ》をこの世《よ》から消滅《しょうめつ》させるためのヒントだった。

——こ、これは……⁉

ミテラタートの洞窟《どうくつ》にあったのは、悪魔《あくま》の鍵《かぎ》を描《えが》いた壁画《へきが》。

——この世《よ》からアクマゲームをなくしてやる。

照朝《てるあさ》たちの、世界《せかい》を悪魔《あくま》から守《まも》るための新《あら》たな戦《たたか》いが始《はじ》まった。

2 新《あら》たなる戦《たたか》いの扉《とびら》

「照朝《てるあさ》、来《き》た！　ターゲットが現《あらわ》れたよ！」

「パラムパタール」のよどんだ川《かわ》に浮《う》かべた小型《こがた》ボートに寝転《ねころ》びながら、「何人《なんにん》だ？」と三脚《さんきゃく》に設置《せっち》してあるスマホに向《む》かって返《かえ》した。誰《だれ》かと通話《つうわ》をしているわけではない。スマホの中《なか》にいるスーパーＡＩ《エーアイ》「おろち」に対《たい》して言《い》ったのだ。

「おろち」は、凄腕《すごうで》プログラマーでもある悠季《ゆうき》によって設計《せっけい》されたＡＩ《エーアイ》だ。初《うい》の経営《けいえい》する「u《ユー》.u《ユー》.エンジニアリング」のバックアップのもと開発《かいはつ》された完全《かんぜん》オリジナルで、外部《がいぶ》からハッキングされるリスクも限《かぎ》りなくゼロに近《ちか》い。

「ひとり。胸《むね》に悪魔《あくま》の鍵《かぎ》を二本《ほん》ぶらさげてる。」

ズームアップしたスマホのカメラがターゲットの持《も》つ悪魔《あくま》の鍵《かぎ》をしっかりと捉《とら》えてい

る。

「パチャラで間違《まちが》いないよ。」

おろちが事前《じぜん》に調《しら》べた情報《じょうほう》から、ターゲットの名前《なまえ》を特定《とくてい》する。おろちはネットワークに深《ふか》く潜《もぐ》ることで、古今東西《ここんとうざい》あらゆることを調《しら》べ上《あ》げることができる。「照朝《てるあさ》くんの『黒子《ほくろ》』の数《かず》だってわかるんだから。」とドヤ顔《がお》で自慢《じまん》する悠季《ゆうき》に苦笑《にがわら》いしたことを照朝《てるあさ》は思《おも》い出《だ》す。

「あ、取引相手《とりひきあいて》の武器商人《ぶきしょうにん》も来《き》た。」

ターゲットのパチャラと同《おな》じく、小型《こがた》ボートに乗《の》ったいかにも怪《あや》しいふたりの男《おとこ》が現《あらわ》れた。

武器商人《ぶきしょうにん》と思《おも》われる男《おとこ》たちは、パチャラが先《さき》に降《お》り立《た》っていた水上《すいじょう》の小屋《こや》にボートをつける。

「アタッシュケースを持《も》ってる。」

おろちのカメラが今度《こんど》は銀色《ぎんいろ》のアタッシュケースにズームアップする。

「おろち、取引《とりひき》の内容《ないよう》を知《し》りたい。あと、アタッシュケースの中身《なかみ》も気《き》になる。」

「ラジャー。読唇術《どくしんじゅつ》を使《つか》うね。」

おろちはパチャラたちの口元《くちもと》にカメラをズームする。

「『ブツを見《み》せろ。』ってパチャラが言《い》ってる。」

悪魔《あくま》の鍵《かぎ》を下《さ》げたパチャラは、アタッシュケースを指差《ゆびさ》している。

「『確認《かくにん》したら一〇〇〇万《まん》ドルを振《ふ》り込《こ》む。』だって。」

一〇〇〇万《まん》ドル。ただ、その金額《きんがく》を聞《き》いても照朝《てるあさ》は眉《まゆ》ひとつ動《うご》かさなかった。かつて父《ちち》が織田《おだ》グループという日本有数《にほんゆうすう》の総合商社《そうごうしょうしゃ》を経営《けいえい》していた照朝《てるあさ》にとって、そのくらいの額《がく》は「日常《にちじょう》」であったし、なにより悪魔《あくま》の鍵《かぎ》に関《かん》する取引《とりひき》に相当《そうとう》な金額《きんがく》が動《うご》くことは容易《ようい》に想像《そうぞう》できた。

「一〇〇〇万《まん》ドルでも安《やす》いくらいだよ。」

双眼鏡《そうがんきょう》でパチャラたちの動向《どうこう》を観察《かんさつ》していると、アタッシュケースが開《あ》けられた。アタッシュケースの中《なか》には操作盤《そうさばん》のようなものがはめ込《こ》まれている。どうやらアタッシュケースそのものが「ブツ」のようだ。

「照朝《てるあさ》、蓋《ふた》の内側《うちがわ》にロシア語《ご》で【желание《ジラーニエ》】って書《か》いてある。」

「ジラーニエ？」

「意味《いみ》は『欲望《よくぼう》』。そうか。あれがグングニルの遺産《いさん》か。ってことは、つまり、もしかして……!?」

「よし、鍵《かぎ》とアタッシュケース、両方奪《りょうほううば》うぞ。」

「ラジャー！」

おろちがそう答《こた》えた瞬間《しゅんかん》だった。

「おまえ、そこでなにをしている!?」

ボートに身《み》を隠《かく》していた照朝《てるあさ》に、武器商人《ぶきしょうにん》の仲間《なかま》が気《き》づいてしまった。こちらに銃口《じゅうこう》を向《む》けて近《ちか》づいてくる。

「照朝《てるあさ》、やばいよ、どうしよう!?」

AI《エーアイ》のくせに人間《にんげん》のように慌《あわ》てるおろちとは対照的《たいしょうてき》に照朝《てるあさ》は冷静《れいせい》だ。

「ひとついかがですか？」

ボートに積《つ》んであった「カモフラージュ」用《よう》のオレンジを手《て》に取《と》り、行商人《ぎょうしょうにん》のふりをした。

ただ、相手《あいて》は銃《じゅう》を下《お》ろさない。

「ピカピカ！」

おろちに気《き》をとられた男《おとこ》が、一瞬《いっしゅん》照朝《てるあさ》から視線《しせん》をはずした。

「くらえ！」

照朝《てるあさ》は手《て》の中《なか》のオレンジを武器商人《ぶきしょうにん》に向《む》けて投《な》げつけた。見事命中《みごとめいちゅう》。しかし、その反動《はんどう》で、武器商人《ぶきしょうにん》が発砲《はっぽう》してしまう。

「なんだ⁉」

銃声《じゅうせい》でパチャラたちが取引《とりひき》を邪魔《じゃま》されたことに気《き》づいてしまった。乗《の》ってきたボートに乗《の》り込《こ》みエンジンをかける。

「あ、逃《に》げちゃう！」

おろちが叫《さけ》ぶ前《まえ》に照朝《てるあさ》もボートのエンジンをかける。アタッシュケースを持《も》ったパチャラを迷《まよ》わず追《お》いかける。

おろちの分析結果《ぶんせきけっか》に従《したが》い、最適《さいてき》なルートをとる照朝《てるあさ》はどんどんパチャラのボートに近《ちか》づいていく。

「パン！　パン！　パン！」

追《お》いかけてくる照朝《てるあさ》を振《ふ》り切《き》るためにパチャラは銃《じゅう》を撃《う》ってきた。

「うわっ！　撃《う》ってきやがった。」

「大丈夫《だいじょうぶ》！　照朝《てるあさ》は三十五本《ほん》もの鍵《かぎ》を持《も》ったスーパー『所有者《ホルダー》』だよ。弾《たま》なんて当《あ》たらないよ……たぶん。」

スーパーAI《エーアイ》とは思《おも》えない非科学的《ひかがくてき》で頼《たよ》りない発言《はつげん》。しかし、照朝自身《てるあさじしん》、銃弾《じゅうだん》に当《あ》たる気《き》がしなかった。それはただの気《き》のせいではない。自身《じしん》の背負《せお》った重《おも》すぎる運命《うんめい》が、「こんなところで死《し》ねない。」という確《たし》かな自信《じしん》につながっていた。

「ちいっ！」

まったく弾《たま》が当《あ》たらないことにパチャラは苛立《いらだ》っていた。

「うわっ、しまった!!」

振《ふ》り向《む》いたまま操縦《そうじゅう》していたパチャラは、正面《しょうめん》を進《すす》む小舟《こぶね》に気《き》づかなかったようだ。慌《あわ》てて急《きゅう》ハンドルで衝突《しょうとつ》を回避《かいひ》するも、急旋回《きゅうせんかい》の衝撃《しょうげき》でパチャラは川《かわ》に投《な》げ出《だ》されてしまった。しかし、幸《さいわ》いにも浅瀬《あさせ》。パチャラはすぐに立《た》ち上《あ》がって、岸《きし》のほうに逃《に》げていく。だがそこは「中洲《なかす》」。ボートを失《うしな》ったパチャラに逃《に》げ道《みち》はない。照朝《てるあさ》もすぐさまボートを降《お》りてパチャラを追《お》いかける。

「ここなら『部屋《へや》』をつくれる。」

悪魔《あくま》の鍵《かぎ》は、その所有者《ホルダー》が「部屋《へや》」と認識《にんしき》した場所《ばしょ》であれば「閉鎖空間《へいさくうかん》」をつくることができる。「中洲《なかす》」は川《かわ》の水《みず》に囲《かこ》まれた閉《と》じた場所《ばしょ》ともいえる。照朝《てるあさ》は、中洲《なかす》の地面《じめん》に悪《あく》魔《ま》の鍵《かぎ》を突《つ》き挿《さ》した。

「出《で》てこい、バレイア。」

照朝《てるあさ》は、悪魔《あくま》「バレイア」を呼《よ》び出《だ》した。パチャラを閉鎖空間《へいさくうかん》に閉《と》じ込《こ》め、なおかつアクマゲームに参加《さんか》させることで鍵《かぎ》と「ジラーニエ」を奪《うば》うためだ。

数日後《すうじつご》、照朝《てるあさ》と初《うい》と悠季《ゆうき》は、初《うい》の経営《けいえい》する「u《ユー》.u《ユー》.エンジニアリング」に集結《しゅうけつ》していた。

「成果《せいか》は？」

初《うい》は、テーブルに悪魔《あくま》の鍵《かぎ》を一本置《ぽんお》きつつ、照朝《てるあさ》たちに尋《たず》ねた。

「俺《おれ》は、マフィアから鍵《かぎ》を一本《ぽん》。ついでに武器《ぶき》の密売《みつばい》からも手《て》を引《ひ》かせた。これであの国《くに》が少《すこ》しでも平和《へいわ》になればいいがな。」

アクマゲームで賭《か》けたものは絶対《ぜったい》。それは「モノ」や「権利《けんり》」だけではなく、「行動《こうどう》」にも適用《てきよう》される。照朝《てるあさ》たちはすべての悪魔《あくま》の鍵《かぎ》を集《あつ》めるのと同時《どうじ》に、少《すこ》しでも世界《せかい》を良《よ》くするため、あえて危険《きけん》な相手《あいて》から鍵《かぎ》を奪取《だっしゅ》し、同時《どうじ》に悪事《あくじ》をやめさせるようにしていた。

「悠季《ゆうき》は？」

悠季《ゆうき》もテーブルに悪魔《あくま》の鍵《かぎ》を出《だ》す。

「わたしは、『死《し》の商人《しょうにん》』って呼《よ》ばれてる男《おとこ》から鍵《かぎ》を一本《ぽん》。それに兵器工場《へいきこうじょう》の生産停止《せいさんていし》を約束《やくそく》させてきた。」

「おいおい、『死《し》の商人《しょうにん》』ってなんだよ。聞《き》いてないぞ。」

悠季《ゆうき》の報告《ほうこく》を聞《き》いて、照朝《てるあさ》が目《め》を丸《まる》くする。

「言《い》ったら、余計《よけい》な心配《しんぱい》をするでしょ？」

「余計《よけい》って……。」

「照朝《てるあさ》くんたちが危《あぶ》ない目《め》にあってるのに、わたしだけ仲間《なかま》はずれはおかしいよ。」

「仲間《なかま》はずれって。そんなつもりじゃ……。」

「まあまあ、照朝《てるあさ》はどうだったんだ?」

初《うい》がふたりの間《あいだ》に割《わ》って入《はい》る。照朝《てるあさ》と悠季《ゆうき》が揉《も》めるのは見《み》たくない。そこにはいろんな想《おも》いがあったが、初《うい》はそのことをおくびにも出《だ》さなかった。

「ああ、ごめん。俺《おれ》は武器《ぶき》ブローカーから鍵《かぎ》二本《ほん》と『ジラーニエ』を手《て》に入《い》れた。」

そう言《い》って、照朝《てるあさ》はテーブルにパチャラから奪取《だっしゅ》した悪魔《あくま》の鍵《かぎ》二本《ほん》と「ジラーニエ」と呼《よ》ばれるアタッシュケースを置《お》いた。

「これがジラーニエか……。」

常《つね》に冷静沈着《れいせいちんちゃく》な初《うい》の表情《ひょうじょう》が曇《くも》る。その実態《じったい》と秘《ひ》められたチカラを知《し》っているからだ。

「かつての巨大軍事国家《きょだいぐんじこっか》が残《のこ》した大規模破壊兵器《だいきぼはかいへいき》を遠隔操作《えんかくそうさ》できるプログラムが入《はい》ってるんだよ〜。」

突如《とつじょ》、オフィス中央《ちゅうおう》のモニターにスイッチが入《はい》り、おろちが現《あらわ》れた。u《ユー》・u《ユー》・エンジニアリングで開発《かいはつ》されたおろちは、このビルのすべての端末《たんまつ》を自由《じゆう》にコントロールすることができるのだ。

「そこに命令《めいれい》コードを入力《にゅうりょく》すると、軍事国家《ぐんじこっか》の地下《ちか》に眠《ねむ》る兵器《へいき》が起動《きどう》して、最悪《さいあく》の場合《ばあい》、人類《じんるい》の三分《ぶん》の一が死《し》んじゃうんだ。」

恐《おそ》ろしいことを、おろちは淡々《たんたん》と説明《せつめい》する。AI《エーアイ》だから仕方《しかた》のないことだが、普段《ふだん》お調《ちょう》子《し》ものな物言《ものい》いだけに、時折《ときおり》見《み》せる機械《きかい》らしい冷徹《れいてつ》さに照朝《てるあさ》は背筋《せすじ》が寒《さむ》くなることがあった。

「でも、大丈夫《だいじょうぶ》なのか？　こんなものを持《も》ってて。」

「起動《きどう》しなければ大丈夫《だいじょうぶ》だから。」

心配《しんぱい》する初《うい》に悠季《ゆうき》がプログラマーとしての見解《けんかい》を述《の》べる。

「でも、これで俺《おれ》たちが新《あら》たに手《て》に入《い》れた悪魔《あくま》の鍵《かぎ》は『合計《ごうけい》十七本《ほん》』ってことになるな。おろち、現時点《げんじてん》での内訳《うちわけ》を出《だ》してくれ。」

「あいあ〜い。」

おろちがモニターに『所有者《ホルダー》』の名前《なまえ》と鍵《かぎ》の数《かず》を映《うつ》し出《だ》す。

まず【ライアン・ロドリゲス：十七本《ほん》】の表示《ひょうじ》が消《き》える。ロドリゲスはアクマゲームトーナメント「エーゲ海会場《かいかいじょう》」の優勝者《ゆうしょうしゃ》だ。彼《かれ》が死亡《しぼう》したことで、十七本《ほん》の悪魔《あくま》の鍵《かぎ》は世《せ》界中《かいじゅう》に散《ち》ってしまった。今回照朝《こんかいてるあさ》たちが集《あつ》めたのは元《もと》ロドリゲス所有《しょゆう》の鍵《かぎ》たちというわけだ。

【織田照朝《おだてるあさ》たち：八十五本《ほん》】
【黒田光輝《くろだこうき》：十三本《ぼん》】
【所有者不明《ホルダーふめい》：一本《ぽん》】

「エーゲ海会場《かいかいじょう》チャンピオンのロドリゲスの分《ぶん》は回収《かいしゅう》できたから、今度《こんど》はカリブ海会場《かいかいじょう》チャンピオンの黒田光輝《くろだこうき》の分《ぶん》と、所有者不明《ホルダーふめい》の一本《ぽん》だね。」

「黒田《くろだ》のところには潜夜《せんや》と紫《ゆかり》が行《い》ってくれている。」

おろちの説明《せつめい》に初《うい》が補足《ほそく》する。「上杉潜夜《うえすぎせんや》」は照朝《てるあさ》が唯一《ゆいいつ》アクマゲームで敗北《はいぼく》を喫《きっ》した天才《てんさい》ギャンブラーだ。「式部紫《しきべゆかり》」はアクマゲームトーナメントで戦《たたか》った人気《にんき》アイドル「ゆかりん」。ふたりとも照朝《てるあさ》たちの考《かんが》えに賛同《さんどう》し、共《とも》に戦《たたか》ってくれている。

「おろち、上杉《うえすぎ》さんたちが潜入《せんにゅう》している『アイギス教団《きょうだん》』の資料《しりょう》を出《だ》せる？」

「はいはいは〜い。」

今度《こんど》はモニターに宗教団体《しゅうきょうだんたい》『アイギス教団《きょうだん》』のホームページが映《うつ》し出《だ》される。トップページには黒田光輝《くろだこうき》の写真《しゃしん》と「教祖《きょうそ》」と書《か》かれた人物《じんぶつ》のシルエット。自然豊《しぜんゆた》かな風景《ふうけい》の写《しゃ》真《しん》には【欲望《よくぼう》からの解放《かいほう》】というキャッチコピーがついている。

「黒田光輝《くろだこうき》が司祭《しさい》で、教祖《きょうそ》はその妹《いもうと》の蘭《らん》。七年前《ねんまえ》にふたりが立《た》ち上《あ》げた宗教団体《しゅうきょうだんたい》で、なんでも黒田蘭《くろだらん》には『ひとの心《こころ》を読《よ》む』チカラがあるとか。その不思議《ふしぎ》なチカラで政治家《せいじか》や企業《きぎょう》のトップと太《ふと》いパイプを築《きず》きながら莫大《ばくだい》な資産《しさん》を得《え》ている、とってもリッチな教団《きょうだん》だよ。」

「ひとの心《こころ》を読《よ》む……。」

「悪魔《あくま》のチカラか？」

照朝《てるあさ》と初《うい》の疑問《ぎもん》におろちは「さあね。」と答《こた》える。さすがにその真偽《しんぎ》まではネットの世《せ》界《かい》でも探《さが》せなかったようだ。

「ただ、そのチカラにすがりたいのか、三百人《にん》もの信徒《しんと》が人里離《ひとざとはな》れた集落《しゅうらく》で自給自足《じきゅうじそく》の生《せい》活《かつ》を送《おく》っているんだよ。」

両親《りょうしん》を失《うしな》ってもなおひとりで生《い》きてきた照朝《てるあさ》や、自身《じしん》の力《ちから》でu《ユー》・u《ユー》・エンジニアリングを立《た》ち上《あ》げた初《うい》には、いまいちピンとこない話《はなし》だった。

「でも、良《よ》くない噂《うわさ》もあるみたい。」

悠季《ゆうき》が言《い》いにくい話《はなし》をするようにぼそりとつぶやいた。

「良《よ》くない噂《うわさ》？」

「集団自殺《しゅうだんじさつ》を目的《もくてき》としたカルト教団《きょうだん》だって。」

「集団自殺《しゅうだんじさつ》!?」

三人《にん》は顔《かお》を見合《みあ》わせて言葉《ことば》を失《うしな》った。

武器《ぶき》ブローカー、マフィア、死《し》の商人《しょうにん》。次《つぎ》の相手《あいて》は「カルト教団《きょうだん》」。一筋縄《ひとすじなわ》ではいかないことは誰《だれ》の目《め》にも明《あき》らかだった。

3 アイギス教団《きょうだん》

廃校《はいこう》になった学校《がっこう》の敷地内《しきちない》で白装束《しろしょうぞく》に身《み》を包《つつ》んだ『アイギス教団《きょうだん》』の信徒《しんと》たちが、魚《さかな》や野菜《やさい》を干《ほ》して保存食《ほぞんしょく》をつくっている。その信徒《しんと》たちに紛《まぎ》れて野菜《やさい》を運《はこ》ぶ白装束姿《しろしょうぞくすがた》の紫《ゆかり》。

「こんにちは。」

「こんにちは。」

みな笑顔《えがお》で挨拶《あいさつ》を交《か》わしている。

「ブルルルル……。」

紫《ゆかり》のスマホが震《ふる》える。

「あ♡　照朝《てるあさ》だぁ～。」

着信画面《ちゃくしんがめん》の名前《なまえ》を見《み》て紫《ゆかり》の声《こえ》が一気《いっき》に二オクターブくらい高《たか》くなる。同時《どうじ》にテンション

もだ。照朝《てるあさ》からの連絡《れんらく》に心《こころ》が弾《はず》んでいる証拠《しょうこ》である。

髪《かみ》を整《ととの》え、テレビ電話《でんわ》をオンにして通話《つうわ》を開始《かいし》する。

「無事《ぶじ》、日本《にっぽん》に帰《かえ》ってきたのね。おかえり～。」

「ただいま、紫《ゆかり》。」

紫《ゆかり》は「おかえりなさい、あなた。」と言《い》いたくなる衝動《しょうどう》をぐっと抑《おさ》えて、照朝《てるあさ》の声《こえ》に耳《みみ》を傾《かたむ》ける。

「そっちはどうだ？　危険《きけん》な目《め》にあってないか？」

「ミッションの鍵《かぎ》のことじゃなくて、第一声《だいいっせい》でワタシのこと心配《しんぱい》してくれるの、照朝《てるあさ》っぽくて好《す》き♡」

「そうか、無事《ぶじ》ならよかった。」

紫《ゆかり》のラブコールをあっさりスルーする照朝《てるあさ》。そんなクールな一面《いちめん》もまた魅力的《みりょくてき》だと紫《ゆかり》は思《おも》っていた。「好《す》き」についての返事《へんじ》は求《もと》めず、紫《ゆかり》は状況《じょうきょう》を報告《ほうこく》する。

「安心《あんしん》して、潜入《せんにゅう》して三日《みっか》が経《た》つけど、退屈《たいくつ》なくらい平和《へいわ》よ。ターゲットの黒田光輝《くろだこうき》と肝心《かんじん》の鍵《かぎ》はまだ見《み》つからないけど……。」

「そうか。潜夜《せんや》は？　いっしょにいるんだろ？」

「いるにはいるんだけど。ちょっと興味《きょうみ》の対象《たいしょう》が別《べつ》のとこにいっちゃってて……。」

紫《ゆかり》がスマホのカメラを切《き》り替《か》え、校庭《こうてい》の真《ま》ん中《なか》に向《む》ける。そこには教祖《きょうそ》である「黒田《くろだ》蘭《らん》」にハイテンションで話《はな》しかける潜夜《せんや》の姿《すがた》が。

「ねえねえ、教祖《きょうそ》さまってほんとにひとの心《こころ》が読《よ》めちゃうの？」

「だとしたら？」

『アイギス教団《きょうだん》』教祖《きょうそ》の「黒田蘭《くろだらん》」が穏《おだ》やかに返《かえ》す。

「僕《ぼく》にそのチカラを貸《か》してよ！」

「なにかお悩《なや》みでも？」

「ううん、悩《なや》みはないよ！　でも、いっしょにカジノ行《い》こうよ。蘭《らん》ちゃんといっしょなら、バカラもブラックジャックもルーレットも、ディーラーの心読《こころよ》んで『勝《か》ち確《かく》』じゃん！　ふたりで豪遊《ごうゆう》しな～い？」

「はい、次《つぎ》の方《かた》、どうぞ。」

蘭《らん》は潜夜《せんや》をまったく相手《あいて》にしない。

「ちぇっ！　ダメだったか。蘭《らん》ちゃんつれないな〜。」

舌打《したう》ちをする潜夜《せんや》が電話《でんわ》を切《き》った紫《ゆかり》のもとに近《ちか》づいてくる。

「もう。なにしてんのよ！」

「あ、ゆかりん。てるりんはなんて？」

「司祭《しさい》の黒田《くろだ》を見《み》つけたら連絡《れんらく》してって。」

「アイアイサー！」

ふざけた態度《たいど》で敬礼《けいれい》をする潜夜《せんや》に紫《ゆかり》は心底呆《しんそこあき》れていた。

「しっかりしてよね、ほんと！」

紫《ゆかり》と潜夜《せんや》の潜入調査《せんにゅうちょうさ》は続《つづ》く。


ある日《ひ》、ふたりは他《ほか》の信徒《しんと》たちといっしょに礼拝堂《れいはいどう》に集《あつ》まっていた。室内《しつない》におさまりきらない信徒《しんと》たちがたくさん窓《まど》から中《なか》を覗《のぞ》いている。

「なになに？　なにか面白《おもしろ》いことでも始《はじ》まんの？」

興味津々《きょうみしんしん》の潜夜《せんや》に、紫《ゆかり》が他《ほか》の信徒《しんと》から得《え》ていた情報《じょうほう》を耳打《みみう》ちする。

「礼拝《れいはい》だって。」

すると、教祖《きょうそ》の蘭《らん》が現《あらわ》れ、礼拝堂《れいはいどう》の最奥部《さいおうぶ》、祭壇《さいだん》の脇《わき》に腰《こし》を下《お》ろした。

続《つづ》いて司祭《しさい》の黒田《くろだ》が木箱《きばこ》を持《も》って入《はい》ってくる。

「黒田《くろだ》だ！」

紫《ゆかり》は声《こえ》を抑《おさ》えて潜夜《せんや》に告《つ》げる。

「ようやくお目《め》にかかれたね～。」

軽《かる》い口調《くちょう》だが、潜夜《せんや》の目《め》はぎらりと光《ひか》り、黒田《くろだ》をしっかりと捉《とら》えている。

祭壇《さいだん》の中央《ちゅうおう》に立《た》つと、黒田《くろだ》は口《くち》を開《ひら》いた。

「私《わたし》たち人間《にんげん》は、あらかじめ罪《つみ》を背負《せお》い、罰《ばつ》を与《あた》えられ生《う》まれてきました。罪《つみ》の名前《なまえ》は『欲望《よくぼう》』。人間《にんげん》は欲望《よくぼう》によって狂《くる》い、争《あらそ》い、そして滅《ほろ》ぶのです。」

木箱《きばこ》が開《あ》けられる。

「悪魔《あくま》の鍵《かぎ》だ！」

今度《こんど》は紫《ゆかり》が小声《こごえ》で叫《さけ》んだ。そこには十三本《ぼん》の悪魔《あくま》の鍵《かぎ》が並《なら》んでいる。

黒田《くろだ》は鍵《かぎ》を信徒《しんと》たちに披露《ひろう》しつつ「さあ、祈《いの》りましょう。」と信徒《しんと》たちに言《い》った。

「οι《イ》 ἀνθρωποι《アンスロピ》 χἀνονται《ハノンテ》 λόγω《ロゴ》 επιθυμίας《エピシミアス》」

「οι《イ》 ἀνθρωποι《アンスロピ》 χἀνονται《ハノンテ》 λόγω《ロゴ》 επιθυμίας《エピシミアス》」

黒田《くろだ》が叫《さけ》ぶと、続《つづ》いて信徒《しんと》たちが全員《ぜんいん》でその言葉《ことば》を復唱《ふくしょう》する。

「どういう意味《いみ》？」

今回《こんかい》、紫《ゆかり》たちのスマホにはおろちをインストールしていない。言葉《ことば》の意味《いみ》はふたりにはわからない。

「ぶっちゃけどうでもいい。こいつで、あの鍵《かぎ》をいただくよ～。」

潜夜《せんや》が懐《ふところ》から悪魔《あくま》の鍵《かぎ》を取《と》り出《だ》す。

「ここじゃひとが多《おお》すぎるって。」

紫《ゆかり》は慌《あわ》てて潜夜《せんや》を制《せい》す。

黒田《くろだ》が再《ふたた》び信徒《しんと》に語《かた》りかける。

「今日《きょう》、来《き》る救済《きゅうさい》の日《ひ》に向《む》けてこれをみなさんにお配《くば》りします。」

黒田《くろだ》が合図《あいず》すると大《おお》きな箱《はこ》を持《も》った男《おとこ》たちが礼拝堂《れいはいどう》に入《はい》ってきた。箱《はこ》の中《なか》には鉄《てつ》でできた輪《わ》っかのようなものがたくさん入《はい》っている。

「司祭《しさい》さま、それは？」

信徒《しんと》の誰《だれ》かが口《くち》を開《ひら》いた。

「いい質問《しつもん》ですね。これは『安息《あんそく》の首輪《くびわ》』です。」

黒田《くろだ》はにこやかに返《かえ》すと、幹部《かんぶ》から首輪《くびわ》のひとつを受《う》け取《と》り、それを高《たか》らかに掲《かか》げ、みなに見《み》えやすいようにした。

「カチャン！」

黒田《くろだ》がスイッチを押《お》すと、首輪《くびわ》の内側《うちがわ》から針《はり》のようなものが飛《と》び出《で》てきた。

「この針《はり》には安《やす》らかに眠《ねむ》れるお薬《くすり》が塗《ぬ》られています。」

黒田《くろだ》の説明《せつめい》に潜夜《せんや》が「なにが安《やす》らかに、だ。毒針《どくばり》だろ、あれ。」と吐《は》き捨《す》てるように言《い》った。

「マジで⁉」

「ああ、やっぱり噂《うわさ》はガチだったみたいだね。こいつら集団自殺《しゅうだんじさつ》のカルト教団《きょうだん》だよ。」

黒田《くろだ》は手《て》に持《も》った首輪《くびわ》を蘭《らん》に手渡《てわた》す。

「さあ、教祖《きょうそ》。あなたの手《て》でみなさんに安息《あんそく》を。」

しかし、蘭《らん》は黒田《くろだ》が差《さ》し出《だ》した首輪《くびわ》を受《う》け取《と》らない。一瞬顔《いっしゅんかお》をしかめると席《せき》を立《た》ち、そのまま礼拝堂《れいはいどう》を出《で》ていってしまった。

信徒《しんと》たちがどよめく。黒田《くろだ》も幹部《かんぶ》たちも目《め》を丸《まる》くしている。どうやら、想定外《そうていがい》のことが起《お》きたようだ。

「え？　なに？　教祖《きょうそ》、反抗期《はんこうき》？」

紫《ゆかり》の言葉《ことば》に反応《はんのう》せず、潜夜《せんや》はひとり、そっと礼拝堂《れいはいどう》を抜《ぬ》け出《だ》した。

「礼拝《れいはい》ぶっちしてどうしたの？」

教団《きょうだん》の集落《しゅうらく》から離《はな》れた湖《みずうみ》のほとりで、潜夜《せんや》は蘭《らん》を見《み》つけた。

「もしかしてさ、蘭《らん》ちゃんは信徒《しんと》たちの自殺《じさつ》に反対《はんたい》なんじゃないの？　それで兄貴《あにき》とバチバチとか？」

蘭《らん》は逃《に》げるようにその場《ば》を立《た》ち去《さ》ろうとした。しかし、潜夜《せんや》は蘭《らん》の行《ゆ》く手《て》を阻《はば》み、質問《しつもん》を続《つづ》ける。

「そもそも、お兄《にい》ちゃんはなんで集団自殺《しゅうだんじさつ》を？　君《きみ》たち兄妹《きょうだい》になにがあったのさ？　教《おし》えてよ。」

「しつこいひとね！」

そう叫《さけ》んだ蘭《らん》と潜夜《せんや》の視線《しせん》がばちっと交差《こうさ》する。すると、蘭《らん》の目《め》の色《いろ》が変《か》わる。悲《かな》しいような、憐《あわ》れんでいるような視線《しせん》。涙《なみだ》も少《すこ》しにじんでいる。

「どったの？　蘭《らん》ちゃん？」

「あなた、妹《いもうと》さんを……。」

にじんでいた涙《なみだ》が蘭《らん》の頬《ほお》を伝《つた》って地面《じめん》に落《お》ちる。

「蘭《らん》ちゃん？　もしかして、僕《ぼく》の心《こころ》を……？」

そのときだった。

「蘭《らん》、その男《おとこ》から離《はな》れなさい。」

潜夜《せんや》が振《ふ》り向《む》くと、そこには黒田《くろだ》が立《た》っていた。紫《ゆかり》も自由《じゆう》を奪《うば》われた状態《じょうたい》で幹部《かんぶ》に連《つ》れられている。

「ごめん、潜夜《せんや》。バレちゃった。」

「この者《もの》たちは、鍵《かぎ》を狙《ねら》って教団《きょうだん》に潜《もぐ》り込《こ》んだスパイです。」

黒田《くろだ》の言葉《ことば》に、潜夜《せんや》から距離《きょり》をとる蘭《らん》。

「あちゃちゃ〜。ゆかりんの演技《えんぎ》もたいしたことないね。」

「うるさいわね！　あんたが怪《あや》しい行動《こうどう》ばっかりするからでしょ！」

「まあ、言《い》い争《あらそ》ってても仕方《しかた》ない。バレたらやることはひとつだよ！」

潜夜《せんや》は、悪魔《あくま》の鍵《かぎ》を取《と》り出《だ》すと、足元《あしもと》の岩《いわ》に挿《さ》してぐるりと回《まわ》した。途端《とたん》、光《ひかり》の柱《はしら》が天《てん》に立《た》ち昇《のぼ》る。この瞬間《しゅんかん》、ここは閉鎖空間《へいさくうかん》になったのだ。

「はーはっはっはっ！　ようこそ、アクマゲームの世界《せかい》へ！」

高《たか》らかな笑《わら》い声《ごえ》とともに現《あらわ》れたのは、巨大《きょだい》な目玉《めだま》だけの悪魔《あくま》「エルヴァ」。

「やっほー、エルちん。」

緊迫感《きんぱくかん》のない潜夜《せんや》の挨拶《あいさつ》にも、エルヴァは丁寧《ていねい》に応《こた》える。

「プレイヤーは、上杉潜夜《うえすぎせんや》さまと黒田光輝《くろだこうき》さまでよろしいですね？」

「いいよね？」

潜夜《せんや》が黒田《くろだ》のほうを見《み》る。黒田《くろだ》は異論《いろん》なしと視線《しせん》で返《かえ》した。

「ゲームに勝利《しょうり》すると、敗者《はいしゃ》の鍵《かぎ》は自動的《じどうてき》に勝者《しょうしゃ》に移《うつ》ります。なので、鍵以外《かぎいがい》のものを相《あい》手《て》に要求《ようきゅう》してください。」

　エルヴァの言葉《ことば》に黒田《くろだ》は「安息《あんそく》の首輪《くびわ》」を突《つ》き出《だ》した。

「私《わたし》が勝《か》ったら、これをつけて人間《にんげん》への効果《こうか》を実演《じつえん》してもらいます。」

「ちょっと殺《ころ》す気《き》⁉　ワタシたちは実験動物《モルモット》じゃないのよ！」

　紫《ゆかり》が叫《さけ》ぶも黒田《くろだ》は意《い》に介《かい》さない。

「じゃあ、僕《ぼく》が勝《か》ったらカルトくそ教団《きょうだん》を解体《かいたい》してもらおうかな。蘭《らん》ちゃんもそれを望《のぞ》んでるみたいだし、ね？」

　潜夜《せんや》は、そう言《い》うと対戦相手《たいせんあいて》の黒田《くろだ》ではなく、蘭《らん》のほうを見《み》てにこりと微笑《ほほえ》んだ。

「くっ！」

　蘭《らん》は困《こま》ったように目《め》を伏《ふ》せてしまう。

「いいでしょう。では宣誓《せんせい》を！」

　エルヴァが叫《さけ》ぶ。

「***αγώνα《アゴナ》 για《ヤ》 την《ティン》 επιθυμία《エピシミア》***」

　潜夜《せんや》が叫《さけ》ぶ。意味《いみ》は「欲望《よくぼう》のために戦《たたか》う」。

「νίκη《ニキ》 για《ヤ》 την《ティン》 επιθυμία《エピシミア》」

それを受《う》けて黒田《くろだ》も声《こえ》を発《はっ》する。「欲望《よくぼう》のために勝利《しょうり》する」という意味《いみ》だ。

「Ορκίζομαι《オルキゾメ》 στον《ストン》 διάβολο《ディアボロ》」

最後《さいご》にプレイヤーふたりが揃《そろ》って「悪魔《あくま》に誓《ちか》って。」と宣誓《せんせい》する。これをもってアクマゲームは開始《かいし》する。

「おふたりの誓《ちか》いを認識《にんしき》しました。では、今回《こんかい》のゲームですが……。」

空《そら》から一枚《まい》の紙切《かみき》れがひらひらと落《お》ちてくる。

【五字戦闘《ファイブスペルサバイバル》】

そこには今回《こんかい》のゲームタイトルが。続《つづ》いて、六個《こ》の「的《まと》」と二組《ふたくみ》の武器《ぶき》が空《そら》から落《お》ちてくる。

「あ！　剣《けん》と銃《じゅう》だ。アガるぅ！」

それを見《み》た潜夜《せんや》がテンションを上《あ》げてはしゃいでいる。

「エルヴァ、これはどんなゲームなんです？」

対照的《たいしょうてき》に黒田《くろだ》は顔色《かおいろ》ひとつ変《か》えない。

「説明《せつめい》いたしましょう。」

エルヴァが目《め》だけの顔《かお》を「ニヤリ」と歪《ゆが》ませて言《い》った。

果《は》たして「五字戦闘《ファイブスペルサバイバル》」とは、いかなるアクマゲームなのか。

4 五字戦闘《ファイブスペルサバイバル》

「このゲームは二対《たい》二のチーム戦《せん》で行《おこな》っていただきます。」

エルヴァが「五字戦闘《ファイブスペルサバイバル》」のルールを説明《せつめい》する。

・二対《たい》二のチーム戦《せん》
・プレイヤーは「胸《むね》」「背中《せなか》」「左肩《ひだりかた》」に「的《まと》」をつける
・「的《まと》」に武器《ぶき》で攻撃《こうげき》を当《あ》てられたら退場《たいじょう》
・ただし、武器《ぶき》に殺傷能力《さつしょうのうりょく》はなし
・相手《あいて》チームの「大将《たいしょう》」を退場《たいじょう》させたほうの勝利《しょうり》

「ここまでが基本《きほん》ルールです。」

エルヴァが言《い》うには、このゲームの「肝《きも》」は「五字《ファイブスペル》」という特殊能力《とくしゅのうりょく》にあるらしい。

・特殊能力《とくしゅのうりょく》「ファイブスペル」は五文字《もじ》であれば自由《じゆう》に設定《せってい》できる
（例《れい》）『瞬間移動扉《しゅんかんいどうとびら》』→どこにでも移動《いどう》できる扉《とびら》をつくることができる
・ただし「ファイブスペル」はひとりひとつまで
・さらに「ファイブスペル」を使《つか》えるのはひとりにつき二回《かい》まで
・敵《てき》にその「五文字《もじ》」を当《あ》てられてしまうと十秒間動《びょうかんうご》けなくなるペナルティ
・「ファイブスペル」を設定《せってい》した時点《じてん》で悪魔《あくま》のチカラは封印《ふういん》される

「なるほど……。ポイントは武器《ぶき》より『ファイブスペル』の設定《せってい》かぁ。」

潜夜《せんや》は瞬時《しゅんじ》にゲームのルールを理解《りかい》したようだ。

「桐山《きりやま》、私《わたし》が大将《たいしょう》になる。ヤツらを叩《たた》き潰《つぶ》せ！」

黒田《くろだ》に「桐山《きりやま》」と呼《よ》ばれた幹部《かんぶ》の男《おとこ》が「承知《しょうち》しました。」と鼻息《はないき》を荒《あら》くした。

「ワタシ、バトル系《けい》って苦手《にがて》なんだけど……。」

紫《ゆかり》が眉間《みけん》にシワを寄《よ》せる。その表情《ひょうじょう》を見《み》て、なにか考《かんが》えている潜夜《せんや》。

「では、両者《りょうしゃ》、準備《じゅんび》はよろしいかな？」

エルヴァが双方《そうほう》のチームを巨大《きょだい》な「目《め》」で見《み》つめる。

「ちょっと、タンマ！」

潜夜《せんや》が手《て》を挙《あ》げる。

「『ファイブスペル』を決《き》める前《まえ》なら悪魔《あくま》のチカラを使《つか》ってもいいんだよね？」

悪魔《あくま》の鍵《かぎ》の「所有者《ホルダー》」には「悪魔《あくま》のチカラ」という特殊《とくしゅ》な能力《のうりょく》が付与《ふよ》される。潜夜《せんや》はその行使《こうし》を申《もう》し出《で》た。

「はい。大丈夫《だいじょうぶ》です。」

エルヴァの回答《かいとう》を確認《かくにん》すると、潜夜《せんや》は空中《くうちゅう》に指《ゆび》で大《おお》きく「円《えん》」を描《えが》いた。

「超配達《スーパーデリバリー》！」

潜夜《せんや》が叫《さけ》ぶと、なにもない空間《くうかん》に大《おお》きな穴《あな》が空《あ》く。潜夜《せんや》のチカラは宙《ちゅう》に描《えが》いた「円《えん》」を通《とお》れるサイズのものなら閉鎖空間《へいさくうかん》の外《そと》からなんでも持《も》ってくることができるのだ。もちろん人間《にんげん》でも。

「うわっ⁉」

穴《あな》からひとが落《お》ちてきた。

「照朝《てるあさ》♡」

さきほどまで渋《しぶ》い顔《かお》をしていた紫《ゆかり》の顔《かお》がぱあっと明《あか》るくなる。ただ、当《とう》の照朝《てるあさ》は突然《とつぜん》呼《よ》び出《だ》されて目《め》を丸《まる》くしている。

「せ、潜夜《せんや》⁉」

「ヤッホー、てるりん♡」

「おまえの『超配達《スーパーデリバリー》』か。」

「ごめんね。で、早速《さっそく》なんだけど、僕《ぼく》とチーム組《く》んでよ。」

潜夜《せんや》はさきほどエルヴァからあった「五字戦闘《ファイブスペルサバイバル》」のルールを簡潔《かんけつ》かつ正確《せいかく》に照朝《てるあさ》に説明《せつめい》した。

「わかった。」

照朝《てるあさ》は「五字《ファイブスペル》」の重要性《じゅうようせい》を五秒《びょう》で理解《りかい》する。

「あなたが織田照朝《おだてるあさ》ですね。最多本数所有者《さいたほんすうホルダー》の……。」

冷静《れいせい》だった黒田《くろだ》の目《め》がぎらりと鋭《するど》くなる。黒田《くろだ》もまた悪魔《あくま》の鍵《かぎ》をすべて集《あつ》めようと必死《ひっし》になっていることを照朝《てるあさ》と潜夜《せんや》はその表情《ひょうじょう》で悟《さと》った。

「やつが黒田《くろだ》か。」

「そ。黒《くろ》ちゃんです。アワワワ〜。」

ふざける潜夜《せんや》を無視《むし》して、照朝《てるあさ》は黒田《くろだ》の正面《しょうめん》に立《た》った。

「悪魔《あくま》の鍵《かぎ》は俺《おれ》たちがもらう。」

「たいした自信《じしん》ですね。」

対《たい》する黒田《くろだ》は不敵《ふてき》に笑《わら》う。

「てるりん！　僕《ぼく》たちが組《く》んだら最強《さいきょう》だってことを黒《くろ》ちゃんに教《おし》えてあげよう！」

「ああ、もちろんだ。」

「これで両《りょう》チーム、メンバー確定《かくてい》ですね？　それではアクマゲーム『五字戦闘《ファイブスペルサバイバル》』、スタートです！」

エルヴァの目《め》が怪《あや》しく瞬《またた》くと、照朝《てるあさ》、潜夜《せんや》、黒田《くろだ》、桐山《きりやま》、四人《にん》の姿《すがた》が消《き》えてしまった。

「ファイブスペルの設定《せってい》はしたでしょ？　大将《たいしょう》はてるりんにやってもらうでしょ？　あとなにかすることとあったっけ？」

潜夜《せんや》が指折《ゆびお》り数《かぞ》えながら確認《かくにん》する。

エルヴァのゲーム開始《かいし》の合図《あいず》の直後《ちょくご》、照朝《てるあさ》と潜夜《せんや》は深《ふか》い森《もり》の奥《おく》へと転送《てんそう》されていた。

ふたりはいっしょに転送《てんそう》されてきたらしい武器《ぶき》をとり、的《まと》を指定《してい》の箇所《かしょ》につけて作戦会議《さくせんかいぎ》を始《はじ》めていた。

「黒田《くろだ》とどうやって戦《たたか》う？　仮《かり》にもカリブ海会場《かいかいじょう》の優勝者《ゆうしょうしゃ》だぞ。かなりの場数《ばかず》を踏《ふ》んだ強敵《きょうてき》だ。」

「くぐってきた修羅場《しゅらば》の数《かず》なら、てるりんも負《ま》けないいじゃん？　たとえば、ゆっきーとゆかりんとの三角関係《さんかくかんけい》とか……くくっ。」

「……はあ。」

照朝《てるあさ》の口《くち》からため息《いき》がこぼれる。

唯一《ゆいいつ》アクマゲームで照朝《てるあさ》を負《ま》かした潜夜《せんや》。そのギャンブラーとしての能力《のうりょく》は認《みと》めているが、このふざけた態度《たいど》はどうにも慣《な》れない。ゲーム序盤《じょばん》から照朝《てるあさ》は潜夜《せんや》とのチームプレイに不安《ふあん》を感《かん》じていた。

「なっ⁉　潜夜《せんや》、危《あぶ》ない‼」

斜面《しゃめん》の上《うえ》から岩《いわ》が飛《と》んできた。照朝《てるあさ》と潜夜《せんや》はそれをかわし、樹木《じゅもく》に身《み》を隠《かく》した。

「あっぶなー。すごいの飛《と》んできたよ、てるりん。」

岩《いわ》が飛《と》んできた方向《ほうこう》には、幹部《かんぶ》の桐山《きりやま》が。さきほど飛《と》んできたものよりさらに大《おお》きな岩《いわ》を軽々《かるがる》とかついでいる。

「てるりん、あいつのファイブスペルは？」

潜夜《せんや》に言《い》われるより早《はや》く照朝《てるあさ》の目《め》は桐山《きりやま》に照準《しょうじゅん》を合《あ》わせていた。

「発動《はつどう》！」

照朝《てるあさ》はファイブスペル「五字可視化《ごじかしか》」を発動《はつどう》させる。

「あいつのファイブスペルは『絶対無敵強《ぜったいむてききょう》』だ！」

「なにその、小学生《しょうがくせい》みたいなワードセンス！」

潜夜《せんや》の言《い》うとおりだが、そのシンプルな五文字《もじ》は意外《いがい》に効果的《こうかてき》かもしれない。桐山《きりやま》は手《て》当《あ》たり次第《しだい》に周《まわ》りにある岩《いわ》や丸太《まるた》を放《ほう》り投《な》げてくる。これでは近《ちか》づけない。桐山《きりやま》の「ファイブスペル」を言《い》い当《あ》てたところで、十秒《びょう》のペナルティタイムで近《ちか》づける距離《きょり》でもない。

「考《かんが》えたのは、黒田《くろだ》か。なかなか手強《てごわ》いな。」

「てるりん、感心《かんしん》してる場合《ばあい》じゃないでしょ！」

そのとき、飛《と》んできた岩《いわ》が潜夜《せんや》の足《あし》をかすめる。

「っつう！」

「潜夜《せんや》！」

ここで機動力《きどうりょく》を失《うしな》うのは危険《きけん》だ。そう思《おも》った照朝《てるあさ》は潜夜《せんや》を助《たす》けに近寄《ちかよ》ろうとした。

「大丈夫《だいじょうぶ》！　ここは僕《ぼく》に任《まか》せて！」

そう言《い》うと、潜夜《せんや》は足《あし》をひきずりながら、森《もり》の奥《おく》へと逃《に》げ込《こ》んでいった。桐山《きりやま》はそれをチャンスと捉《とら》えたのか、照朝《てるあさ》を置《お》いて潜夜《せんや》を追《お》った。「絶対無敵強《ぜったいむてききょう》」の能力《のうりょく》なのか、その移動速度《いどうそくど》は常人《じょうじん》のものではなかった。照朝《てるあさ》も必死《ひっし》にあとを追《お》いかける。

足《あし》をおさえて地面《じめん》にうずくまる潜夜《せんや》の背中《せなか》に、剣《けん》を振《ふ》り上《あ》げた桐山《きりやま》がゆっくりと近《ちか》づく。

「終《お》わりだ。」

勝利《しょうり》を確信《かくしん》した桐山《きりやま》が剣《けん》を振《ふ》り下《お》ろそうとした瞬間《しゅんかん》だった。

「こっちだよー！」

木《き》の陰《かげ》から、もうひとり潜夜《せんや》が現《あらわ》れる。

「こっちにもいるよー！」

別《べつ》の場所《ばしょ》からまたひとり潜夜《せんや》が顔《かお》を出《だ》す。

「こっちだってばー！」

桐山《きりやま》の背後《はいご》にも新《あら》たな潜夜《せんや》が現《あらわ》れる。

「こ、これは⁉」

混乱《こんらん》する桐山《きりやま》。

「『絶対無敵強《ぜったいむてききょう》』！」

どの潜夜《せんや》が放《はな》ったかわからないが、照朝《てるあさ》が「五字可視化《ごじかしか》」で読《よ》み取《と》った桐山《きりやま》のファイブスペルが叫《さけ》ばれた。

「ぐっ！」

十秒間《びょうかん》桐山《きりやま》は動《うご》けない。すると、桐山《きりやま》の目《め》の前《まえ》でうずくまっていた潜夜《せんや》がゆっくりと立《た》ち上《あ》がり、銃《じゅう》を構《かま》えて振《ふ》り返《かえ》る。

「終《お》わりだね。」

「パァアン！」

桐山《きりやま》の「胸《むね》」の的《まと》に命中《めいちゅう》。この距離《きょり》なら外《はず》しようがない。

「桐山《きりやま》さま、退場《たいじょう》です。」

どこからかエルヴァの声《こえ》が聞《き》こえる。

「うまくいったな。足《あし》は大丈夫《だいじょうぶ》か？」

照朝《てるあさ》が心配《しんぱい》そうに潜夜《せんや》に駆《か》け寄《よ》る。

「演技演技《えんぎえんぎ》。作戦《さくせん》どおりだよ。うまく『我分身増殖《われぶんしんぞうしょく》』がハマったね。」

潜夜《せんや》の分身《ぶんしん》たちがすうっと本体《ほんたい》に集《あつ》まってきて同化《どうか》する。

「あとは、黒田《くろだ》だけだ。」

その瞬間《しゅんかん》、「パァアン」と銃声《じゅうせい》が響《ひび》き、照朝《てるあさ》の背後《はいご》から銃弾《じゅうだん》が飛《と》んできた。

「危《あぶ》ない!!　てるりん！」

潜夜《せんや》が照朝《てるあさ》を突《つ》き飛《と》ばす。その衝撃《しょうげき》で照朝《てるあさ》は手《て》に持《も》っていた銃《じゅう》を落《お》としてしまった。

「ごめん、てるりん。」

潜夜《せんや》が謝《あやま》る。しかし、それは照朝《てるあさ》を突《つ》き飛《と》ばしたことにではなかった。潜夜《せんや》の身体《からだ》が薄《うす》く透《す》けていく。

「弾《たま》、当《あ》たってたみたい。」

いまの黒田《くろだ》の一発《いっぱつ》が潜夜《せんや》の胸《むね》の的《まと》に命中《めいちゅう》していたのだ。

潜夜《せんや》が完全《かんぜん》に消《き》えると同時《どうじ》に、エルヴァが「潜夜《せんや》さま、退場《たいじょう》です。」とコールする。

「これで一対《たい》一ですね。」

黒田《くろだ》が銃《じゅう》を剣《けん》に持《も》ち替《か》えて近《ちか》づいてくる。すかさず、照朝《てるあさ》はその姿《すがた》を視界《しかい》におさめる。

照朝《てるあさ》のファイブスペル「五字可視化《ごじかしか》」は、対象者《たいしょうしゃ》を両目《りょうめ》でしっかりと視認《しにん》していないと発《はつ》動《どう》しないのだ。

(これで二度目《どめ》の使用《しよう》だが、仕方《しかた》ない！)

「五字可視化《ごじかしか》」は、相手《あいて》のスペルを見破《みやぶ》るだけの能力《のうりょく》だ。先手《せんて》を打《う》つことでその効果《こうか》を最《さい》大限《だいげん》に発揮《はっき》する。

(なに？　黒田《くろだ》の『五字《ファイブスペル》』が見《み》えない⁉)

照朝《てるあさ》のファイブスペルは不発《ふはつ》に終《お》わった。だが、その理由《りゆう》がわからない。黒田《くろだ》のファイブスペルがなにか関係《かんけい》しているのかもしれない。

黒田《くろだ》が剣《けん》を振《ふ》りかぶり、一気《いっき》に間合《まあ》いを詰《つ》めてくる。銃《じゅう》を落《お》としてしまった照朝《てるあさ》も剣《けん》を抜《ぬ》く。

「この戦《たたか》いが済《す》んだら、今度《こんど》は『ジラーニエ』を返《かえ》してもらいますよ！」

黒田《くろだ》が剣《けん》を両手《りょうて》で握《にぎ》る。

「やはり『ジラーニエ』を買《か》ったのはあんただったのか。」

武器《ぶき》ブローカーのパチャラの取引相手《とりひきあいて》が黒田《くろだ》であったことを悟《さと》る照朝《てるあさ》。

「世界《せかい》を破滅《はめつ》させる気《き》か⁉」

照朝《てるあさ》の追及《ついきゅう》に心外《しんがい》な顔《かお》をする黒田《くろだ》。

「破滅《はめつ》？　これは救済《きゅうさい》ですよ。人類《じんるい》を欲望《よくぼう》という罪《つみ》から救《すく》うには人類《じんるい》そのものを滅《ほろ》ぼすしかない。」

「ふざけるなっ！」

照朝《てるあさ》は怒《いか》りの叫《さけ》びを上《あ》げた。それでも黒田《くろだ》の表情《ひょうじょう》は変《か》わらない。

「ふっ。理解《りかい》してもらおうとは思《おも》ってませんよ……。」

黒田《くろだ》の声《こえ》は冷静《れいせい》だ。

「……ただ、誰《だれ》にも邪魔《じゃま》をさせるつもりはありません！」

剣《けん》を振《ふ》り上《あ》げ、襲《おそ》いかかってくる黒田《くろだ》。照朝《てるあさ》も剣《けん》を構《かま》えて応戦《おうせん》する。

「カキン！　カキン！」

お互《たが》いの剣《けん》が激《はげ》しくぶつかり合《あ》う。

（おかしい。なぜ黒田《くろだ》は銃《じゅう》ではなく剣《けん》を選《えら》んだ？）

ファイブスペルで身体能力《しんたいのうりょく》が上《あ》がっている感《かん》じはない。万《まん》が一《いち》そうだとすると、桐山《きりやま》に「絶対無敵強《ぜったいむてききょう》」のスペルを設定《せってい》する意味《いみ》がない。

（剣《けん》じゃないといけないなにかが⁉）

照朝《てるあさ》は頭《あたま》をフル回転《かいてん》させて黒田《くろだ》の思考《しこう》を読《よ》み取《と》ろうとする。

（ただ、その前《まえ》に黒田《くろだ》のファイブスペルを知《し》らなければ。）

そして知《し》ったうえで、黒田《くろだ》のファイブスペルを封《ふう》じたい。照朝《てるあさ》は考《かんが》えながら動《うご》き、動《うご》き

ながら考《かんが》えを巡《めぐ》らせた。

(桐山《きりやま》が離脱《りだつ》したいま、これはフィジカル勝負《しょうぶ》のゲームじゃなくなった。俺《おれ》と黒田《くろだ》の頭脳《ずのう》戦《せん》なんだ。)

剣《けん》を打《う》ち交《か》わしながら、視界《しかい》の端《はし》にさきほど落《お》とした銃《じゅう》を見《み》つけた。

(武器《ぶき》が一個少《こすく》ないのも戦略《せんりゃく》を立《た》てるうえで不利《ふり》だ。あれは取《と》り戻《もど》しておきたい。)

「ガキン!」

照朝《てるあさ》はあえて力《ちから》いっぱい黒田《くろだ》の剣《けん》に自分《じぶん》の剣《けん》をぶつけて押《お》した。

「なにを!」

案《あん》の定《じょう》、黒田《くろだ》は押《お》し返《かえ》してくる。

「ぐっ!」

黒田《くろだ》にはじき飛《と》ばされるカタチで照朝《てるあさ》は地面《じめん》に倒《たお》れた。剣《けん》も手《て》から離《はな》れてしまった。

「終《お》わりです!」

黒田《くろだ》が剣《けん》を振《ふ》り下《お》ろしてきた。しかし、照朝《てるあさ》はぎりぎりのところでそれを回避《かいひ》。黒田《くろだ》の剣《けん》は地面《じめん》に深《ふか》く突《つ》き刺《さ》さり、すぐには抜《ぬ》けない状態《じょうたい》だ。

「いまだっ！」

照朝《てるあさ》は立《た》ち上《あ》がり、黒田《くろだ》に飛《と》び蹴《げ》りをくらわした。体勢《たいせい》を崩《くず》したふたりは、そのまま斜《しゃ》面《めん》を転《ころ》がり落《お》ちる。しかし、それも照朝《てるあさ》にとっては想定《そうてい》どおりだった。斜面下《しゃめんした》に落《お》ちていた銃《じゅう》を拾《ひろ》い上《あ》げ、まだ体勢《たいせい》を整《ととの》えられずにいる黒田《くろだ》の「的《まと》」を狙《ねら》って弾丸《だんがん》を放《はな》った。

「パン！　パン！　パン！」

「なっ⁉　当《あ》たらない⁉」

この至近距離《しきんきょり》でありえないことだが、照朝《てるあさ》の放《はな》った銃弾《じゅうだん》は、まるで自《みずか》ら意思《いし》をもっているかのように、ぐにゃりと変《へん》な軌道《きどう》を描《えが》きつつ、黒田《くろだ》の「的《まと》」を避《さ》けてしまう。

驚《おどろ》いている照朝《てるあさ》の隙《すき》をついて、黒田《くろだ》は振《ふ》り返《かえ》って銃《じゅう》を撃《う》ってきた。照朝《てるあさ》はその銃弾《じゅうだん》を避《さ》けるため、木《き》の陰《かげ》に身《み》を隠《かく》す。黒田《くろだ》も同《おな》じように木《き》の幹《みき》を盾《たて》にした。

「あんたのファイブスペルは『攻撃《こうげき》の対象《たいしょう》になることを避《さ》ける』だな！」

その能力《のうりょく》ならさきほど銃弾《じゅうだん》が当《あ》たらなかったことにも、照朝《てるあさ》の「五字可視化《ごじかしか》」が効《き》かなかったことにも説明《せつめい》がつく。相手《あいて》の能力《のうりょく》を見透《みす》かすのも「攻撃《こうげき》」とみなされたのだ。

「そういうあなたのファイブスペルは『相手《あいて》のスペルが見《み》える』ですね。桐山《きりやま》のファイブスペルを瞬時《しゅんじ》に言《い》い当《あ》てたのも、推理《すいり》したんじゃなくて、そのスキルで『見《み》た』。あなたの頭脳《ずのう》を過大評価《かだいひょうか》しすぎてすぐには気《き》づきませんでしたよ。」

「それこそ、俺《おれ》のことを過小評価《かしょうひょうか》しすぎじゃないか？　あんたはファイブスペルをもう二回使《かいつか》ってしまったはずだ。」

照朝《てるあさ》の「五字可視化《ごじかしか》」を避《さ》けるために一度《ど》。そして、照朝《てるあさ》の銃弾《じゅうだん》を避《さ》けるために一度《ど》。ゲーム中《ちゅう》に使《つか》えるファイブスペルは二回《かい》まで、だ。このあとの攻撃《こうげき》を避《さ》ける術《すべ》が黒田《くろだ》にはない。

「それは、あなたもいっしょでは？」

「ぐっ。」

照朝《てるあさ》は痛《いた》いところをつかれてしまう。桐山《きりやま》で一度《ど》。さきほど不発《ふはつ》には終《お》わったが黒田《くろだ》に対《たい》して一度《ど》。照朝《てるあさ》も制限回数《せいげんかいすう》を使《つか》い切《き》ってしまっていた。

「条件《じょうけん》は同《おな》じですね。」

照朝《てるあさ》は隠《かく》れていた木《き》から飛《と》び出《だ》した。

（十秒《びょう》のペナルティタイムでとどめをさせる間合《まあ》いにいないと。）

しかし考《かんが》えることは黒田《くろだ》も同《おな》じだった。お互《たが》い姿《すがた》を見《み》せながらの銃撃戦《じゅうげきせん》になった。「的《まと》」以外《いがい》に当《あ》たってもすり抜《ぬ》けてしまう。かといってこの距離《きょり》で動《うご》く人間《にんげん》についた小《ちい》さな的《まと》を射貫《いぬ》くほどの射的《しゃてき》センスはふたりともなかった。

（どちらが先《さき》にファイブスペルを言《い》い当《あ》てるかの勝負《しょうぶ》だ。）

「『攻撃高回避《こうげきこうかいひ》』！　『回避性能高《かいひせいのうこう》』！」

黒田《くろだ》の能力《のうりょく》を表現《ひょうげん》する五文字《もじ》を叫《さけ》ぶ照朝《てるあさ》。銃弾《じゅうだん》を当《あ》てるより、こちらを当《あ》てるほうが確《かく》率《りつ》が高《たか》いと照朝《てるあさ》は判断《はんだん》した。

「『五文字理解《ごもじりかい》』！　『五文字分析《ごもじぶんせき》』！」

黒田《くろだ》も同《おな》じことを考《かんが》えたようだ。能力《のうりょく》の効果《こうか》から思《おも》いつく限《かぎ》りの「五文字《もじ》」をあげていく。

「『的命中不可《まとめいちゅうふか》』！」

「『5スペル見《ファイブみ》』！」

「『不可能命中《ふかのうめいちゅう》』！」

「『見敵能力知《けんてきのうりょくち》』！」

「『弱点狙回避《じゃくてんそかいひ》』！」

「『能力効果解《のうりょくこうかかい》』！」

実際《じっさい》に銃《じゅう》は撃《う》っているが、当《あ》てたいのは弾《たま》ではなく「五文字《もじ》」。ふたりの「口撃《こうげき》」は続《つづ》く。

「『狙《ねら》いそらし』！」

「『能力可視化《のうりょくかしか》』！」

銃弾《じゅうだん》を交《か》わしながらふたりは木《き》の陰《かげ》から陰《かげ》へ移動《いどう》する。だが、ここで照朝《てるあさ》は黒田《くろだ》が一方《いちほう》向《こう》にしか動《うご》いていないことに気《き》づく。

(誘導《ゆうどう》されてる!?　どこに？　なぜ？)

そのとき、きらりと輝《かがや》くものが照朝《てるあさ》の目《め》に入《はい》った。

(あれか!!)

黒田《くろだ》の作戦《さくせん》に気《き》づいた照朝《てるあさ》は再《ふたた》び「五文字《もじ》」を当《あ》てにいく。

「『狙《ねら》われない』！」

「『五字可視化《ごじかしか》』！」

照朝《てるあさ》と黒田《くろだ》が叫《さけ》んだ瞬間《しゅんかん》、ふたりともぴたりと動《うご》かなくなった。お互《たが》いの「五文字《もじ》」を同時《どうじ》に言《い》い当《あ》て、同時《どうじ》にペナルティタイムに入《はい》ったのだ。

「お見事《みごと》！　十秒間《びょうかん》の硬直後《こうちょくご》、決着《けっちゃく》は一瞬《いっしゅん》でつくでしょう。」

エルヴァに言《い》われるまでもなく、照朝《てるあさ》は心《こころ》の中《なか》でテンカウントをとっていた。

(十、九、八、七、六……。)

両者《りょうしゃ》にらみ合《あ》う。

(三、二、一、ゼロ！)

硬直《こうちょく》がとけた瞬間《しゅんかん》、黒田《くろだ》はさっと身《み》をよじった。黒田《くろだ》の背後《はいご》にはさきほど自身《じしん》が突《つ》き刺《さ》した剣《けん》。太陽《たいよう》の光《ひかり》がまぶしいばかりに反射《はんしゃ》している。

「あなたは私《わたし》には勝《か》てませんよ。」

黒田《くろだ》が銃《じゅう》を放《はな》つが、照朝《てるあさ》はこれを回避《かいひ》。

「な、なに!?　光《ひかり》に目《め》がくらんでいるはず。」

驚《おどろ》く黒田《くろだ》の背後《はいご》に回《まわ》り込《こ》んで、背中《せなか》の「的《まと》」に銃《じゅう》をぴたりとくっつけた。「狙《ねら》われない」の能力《のうりょく》が使《つか》えないいま、絶対《ぜったい》に外《はず》さない距離《きょり》だ。

「パアン！」

照朝《てるあさ》の銃弾《じゅうだん》が黒田《くろだ》の的《まと》を貫《つらぬ》いた。

「ど、どうして……？」

消えゆく黒田《くろだ》の質問《しつもん》に照朝《てるあさ》は答《こた》える。

「あんたが光《ひかり》の反射《はんしゃ》を使《つか》うであろうことは気《き》づいていた。直前《ちょくぜん》まで自分《じぶん》の身体《からだ》で背後《はいご》の剣《けん》を隠《かく》すであろうこともな。だから俺《おれ》は硬直《こうちょく》がとけると同時《どうじ》にあんたが身《み》をよじる逆側《ぎゃくがわ》に回《まわ》り込《こ》んだんだ。もちろん、反射《はんしゃ》の光《ひかり》からは目《め》をそらしてな。」

「くっ。さすがガイドを倒《たお》しただけのことはありますね。」

無念《むねん》の言葉《ことば》を残《のこ》して黒田《くろだ》は完全《かんぜん》に消《き》えてしまった。

「そこまで！　大将《たいしょう》が倒《たお》されたので、このゲーム、織田照朝《おだてるあさ》チームの勝利《しょうり》です！」

「ふう。」

ぎりぎりの勝利《しょうり》だった。思《おも》わず照朝《てるあさ》の口《くち》から安堵《あんど》のため息《いき》がもれる。

「これにて『五字戦闘《ファイブスペルサバイバル》』終了《しゅうりょう》です！」

エルヴァが宣言《せんげん》すると、照朝《てるあさ》も潜夜《せんや》たちのところに転送《てんそう》され、直後《ちょくご》、閉鎖空間《へいさくうかん》が解《と》かれた。

「俺《おれ》たちの勝利《しょうり》だ。鍵《かぎ》を渡《わた》せ。そして、教団《きょうだん》を解体《かいたい》しろ。」

「わかりました。悪魔《あくま》との約束《やくそく》は絶対《ぜったい》ですからね。」

集落《しゅうらく》に戻《もど》ると、黒田《くろだ》の口《くち》から教団《きょうだん》の解散《かいさん》が告《つ》げられた。誰《だれ》ひとり文句《もんく》を言《い》わず、白装束《しろしょうぞく》を脱《ぬ》ぎ捨《す》て集落《しゅうらく》を去《さ》っていく。

「何度《なんど》見《み》てもアクマゲームの強制力《きょうせいりょく》すげえ。」

潜夜《せんや》が感心《かんしん》している。

「でも、これで九十九本《ほん》まであと一本《ぽん》！　リーチだね、照朝《てるあさ》。」

紫《ゆかり》が嬉《うれ》しそうに照朝《てるあさ》の腕《うで》に抱《だ》きついてきた。

「ああ。そうだ、ふたりにも伝《つた》えとかなきゃいけないことがある。」

照朝《てるあさ》は、悠季《ゆうき》とおろちが解読《かいどく》した「壁画《へきが》の古代文字《こだいもじ》」についてふたりに説明《せつめい》した。

「壁画《へきが》って、ミテラタート遺跡《いせき》にあった五枚《まい》の？」

「そう。」

一枚目《まいめ》は【悪魔《あくま》の鍵《かぎ》を空《そら》から落《お》とす牛《うし》の姿《すがた》をした悪魔《あくま》と鍵《かぎ》を拾《ひろ》う人間《にんげん》】
二枚目《まいめ》は【グングニルの槍《やり》をもって戦《たたか》う兵士《へいし》たち】
三枚目《まいめ》は【戦争《せんそう》をする人間《にんげん》たちの姿《すがた》が映《うつ》った水面《すいめん》を覗《のぞ》き込《こ》む九体《たい》の悪魔《あくま》】
四枚目《まいめ》は【神殿《しんでん》に悪魔《あくま》の鍵《かぎ》を捧《ささ》げる人間《にんげん》】
五枚目《まいめ》は【人間《にんげん》と悪魔《あくま》が向《む》き合《あ》う姿《すがた》】

そのそれぞれに見《み》たこともない文字《もじ》が記《しる》されており、その解読結果《かいどくけっか》が出《で》たのだ。
一枚目《まいめ》の文字《もじ》は【古《いにしえ》の時代《じだい》から悪魔《あくま》の鍵《かぎ》は人間界《にんげんかい》に存在《そんざい》した】
二枚目《まいめ》の文字《もじ》は【人類《じんるい》の争《あらそ》いの歴史《れきし》の裏《うら》には常《つね》に鍵《かぎ》がある】
三枚目《まいめ》の文字《もじ》は【それらはすべて悪魔《あくま》が仕組《しく》んだものだ】
「なんだ。そんなの絵《え》を見《み》れば大体《だいたい》わかるよ。」
潜夜《せんや》ががっかりしたように言《い》う。
「いいから聞《き》けよ。」
照朝《てるあさ》は続《つづ》ける。

四枚目《まいめ》の文字《もじ》は【九十九本《ほん》の鍵《かぎ》をクレーシャの神殿《しんでん》に捧《ささ》げよ】

「クレーシャの神殿《しんでん》って？」

「キルタン王国《おうこく》にある古代遺跡《こだいいせき》らしい。」

照朝《てるあさ》はおろちから聞《き》いた情報《じょうほう》を伝《つた》える。

「そのクレーシャ神殿《しんでん》に悪魔《あくま》の鍵《かぎ》を全部捧《ぜんぶささ》げれば、消滅《しょうめつ》させられるってこと？」

「たぶんな。」

紫《ゆかり》の質問《しつもん》に照朝《てるあさ》は答《こた》える。

「場所《ばしょ》がわかったのはデカいね。」

「ゴールが見《み》えてきたじゃない！」

潜夜《せんや》と紫《ゆかり》のテンションも上《あ》がる。

「ただ……。」

反対《はんたい》に照朝《てるあさ》の顔《かお》は曇《くも》る。

「五枚目《まいめ》の文字《もじ》だけまだ解読《かいどく》できてないんだ。」

「五枚目《まいめ》って、人間《にんげん》と悪魔《あくま》が向《む》き合《あ》ってるやつ？」

「ああ。この壁画《へきが》だけシンプルすぎて、ストーリーや意味《いみ》が読《よ》み取《と》りづらい。絵《え》から推測《すいそく》することもできなかった。」

悠季《ゆうき》とおろちの力《ちから》をもってしてもだ。

「ふっ。」

ここまで黙《だま》って照朝《てるあさ》たちの会話《かいわ》を聞《き》いていた黒田《くろだ》が笑《わら》った。

「なんだよ、黒《くろ》ちゃん。その馬鹿《ばか》にしたような態度《たいど》は？」

「いえ。あなたたちの楽《たの》しそうな姿《すがた》が滑稽《こっけい》で。」

「どういう意味《いみ》よ！」

紫《ゆかり》が声《こえ》を上《あ》げる。

「最後《さいご》の一本《ぽん》は決《けっ》して手《て》に入《はい》りませんよ。なぜなら……。」

黒田《くろだ》がそう答《こた》えた瞬間《しゅんかん》、照朝《てるあさ》のスマホが鳴《な》った。画面《がめん》には【非通知《ひつうち》】の三文字《もじ》。

「誰《だれ》からだ？」

「出《で》たほうがいい。」

黒田《くろだ》はその電話《でんわ》の主《ぬし》が誰《だれ》か知《し》っているようだった。照朝《てるあさ》は通話《つうわ》ボタンを押《お》す。

「もしもし？」

「久《ひさ》しぶりだな、織田照朝《おだてるあさ》。」

「なっ⁉　おまえは崩心《ほうしん》！」

「そうだ、私《わたし》だ。」

「最後《さいご》の一本《ぽん》はやはりおまえが……。」

「そのとおり。私《わたし》の持《も》っている鍵《かぎ》が欲《ほ》しいだろ？　なら、おまえたちが持《も》っている九十八本《ぽん》を賭《か》けて勝負《しょうぶ》しろ。」

九十八本《ぽん》と一本《ぽん》。数《かず》だけを見《み》れば賭《か》けるものがまったく釣《つ》り合《あ》っていない。ただ、照朝《てるあさ》たちと崩心《ほうしん》では目的《もくてき》が違《ちが》う。

すべてを揃《そろ》えて悪魔《あくま》の鍵《かぎ》を消滅《しょうめつ》させたい照朝《てるあさ》。

一方《いっぽう》で鍵《かぎ》の消滅《しょうめつ》を望《のぞ》まない崩心《ほうしん》はこの勝負《しょうぶ》をしなくても困《こま》らない。

「おまえたちに拒否《きょひ》することはできないがな。」

悔《くや》しいが崩心《ほうしん》の言《い》うとおりだった。

「我々《われわれ》の因縁《いんねん》に終止符《しゅうしふ》を打《う》とうじゃないか。」

崩心《ほうしん》は勝負《しょうぶ》の場所《ばしょ》と時間《じかん》を告《つ》げると一方的《いっぽうてき》に電話《でんわ》を切《き》った。

「黒田《くろだ》。おまえ、崩心《ほうしん》とつながっていたのか？」

黒田《くろだ》は照朝《てるあさ》の質問《しつもん》には答《こた》えず、「蘭《らん》、行《い》くぞ。」とその場《ば》を立《た》ち去《さ》ろうとした。

しかし、蘭《らん》は動《うご》こうとしない。

「やっぱりおかしい。救済《きゅうさい》のためにひとの命《いのち》を奪《うば》うなんて。」

「おまえならわかるだろ？」

黒田《くろだ》は哀《かな》しそうな目《め》をして妹《いもうと》を見《み》つめる。

「わたしにはわたしのやり方《かた》がある！」

蘭《らん》は強《つよ》い意志《いし》を持《も》った声《こえ》で兄《あに》に反論《はんろん》した。

「それを見《み》つける。」

「勝手《かって》にしろ。」

黒田《くろだ》はひとりで集落《しゅうらく》を去《さ》っていった。

「どこへ行《い》くのかしら？」

「きっと崩心《ほうしん》のところだよ。」

そんな会話《かいわ》をしている潜夜《せんや》と紫《ゆかり》に照朝《てるあさ》は「頼《たの》みがある。」と切《き》り出《だ》した。

5 落下真偽心眼《ダウントゥルーオアフォールス》

「いくらなんでも危険《きけん》すぎる！」

u《ユー》・u《ユー》・エンジニアリングに戻《もど》り、照朝《てるあさ》が自身《じしん》の作戦《さくせん》を告《つ》げると、初《うい》から猛反発《もうはんぱつ》をくらった。

「潜夜《せんや》と紫《ゆかり》はもう渡《わた》してくれた。」

──ワタシが照朝《てるあさ》の頼《たの》みを断《ことわ》れるわけないじゃない♡

──てるりんもかなりのギャンブラーだよね〜。

崩心《ほうしん》との電話《でんわ》のあと「持《も》っている悪魔《あくま》の鍵《かぎ》を託《たく》してほしい。」と言《い》ったら、ふたりは照《てる》朝《あさ》の頼《たの》みを聞《き》いてくれた。

「万《まん》が一《いち》ゲームに負《ま》けたときのために五人《にん》で鍵《かぎ》を分散《ぶんさん》して持《も》ってたんだぞ！」

「わかってる。リスク分散《ぶんさん》は経営者《けいえいしゃ》として当然《とうぜん》の判断《はんだん》だ。」

「わかってるなら、どうして！」

初《うい》は引《ひ》き下《さ》がらない。そして、それは照朝《てるあさ》も同《おな》じだった。これがすべてを終《お》わらせられる最後《さいご》のチャンスだと照朝《てるあさ》は思《おも》っていた。

「……わかった。いいよ、鍵《かぎ》は全部《ぜんぶ》照朝《てるあさ》くんに渡《わた》す。」

黙《だま》って聞《き》いていた悠季《ゆうき》がテーブルの上《うえ》に自分《じぶん》の持《も》っている鍵《かぎ》を置《お》いた。

「なっ!?　悠季《ゆうき》？」

「初《うい》くん、どのみち再戦《さいせん》はないよ。万《まん》が一《いち》照朝《てるあさ》くんが崩心《ほうしん》に負《ま》けてあっちの味方《みかた》になっちゃったら、わたしたちで勝《か》てると思《おも》う？」

「そ、それは……。」

自信家《じしんか》の初《うい》なら「俺《おれ》ならできる！」と言《い》いそうだったが、そうはしなかった。初《うい》も渋々《しぶしぶ》鍵《かぎ》を取《と》り出《だ》しテーブルに並《なら》べた。

「鍵《かぎ》は照朝《てるあさ》に託《たく》してやる。ただ、勝負《しょうぶ》の場所《ばしょ》には俺《おれ》も行《い》く。相手《あいて》はあの崩心《ほうしん》だ。どんな卑《ひ》怯《きょう》な手《て》を使《つか》ってくるかわからないからな。」

「ありがとう、ふたりとも。」

照朝《てるあさ》は、心《こころ》からの感謝《かんしゃ》を込《こ》めて、ふたりの手《て》を強《つよ》く握《にぎ》った。

山《やま》の頂上《ちょうじょう》で照朝《てるあさ》のスマホが鳴《な》った。

「来《き》たか？」

通話《つうわ》の相手《あいて》は、山《やま》の中腹《ちゅうふく》で待機《たいき》している初《うい》だ。

「崩心《ほうしん》と黒田《くろだ》が乗《の》ったスポーツカーがそっちに向《む》かった。警戒《けいかい》しとけよ。」

「わかった。」

電話《でんわ》を切《き》ると、照朝《てるあさ》はふと腕時計《うでどけい》に目《め》をやる。それは、父《ちち》、清司《せいじ》の形見《かたみ》でもあった。

——照朝《てるあさ》、これを。

父《ちち》との最期《さいご》の会話《かいわ》が蘇《よみがえ》る。父《ちち》は照朝《てるあさ》に自分《じぶん》のつけていた時計《とけい》を握《にぎ》らせた。

——悪魔《あくま》の鍵《かぎ》を……、完全《かんぜん》に……、消滅《しょうめつ》させるんだ。

——父《とう》さん！

——頼《たの》んだぞ、照朝《てるあさ》……。

——父《とう》さーん！

ぐっと拳《こぶし》を握《にぎ》りしめる照朝《てるあさ》。

(約束《やくそく》は絶対《ぜったい》に守《まも》るよ、父《とう》さん。)

悪魔《あくま》の鍵《かぎ》の消滅《しょうめつ》まであと少《すこ》し。照朝《てるあさ》は最後《さいご》の決戦《けっせん》に向《む》けて、さらなる決意《けつい》を固《かた》めていた。

頂上《ちょうじょう》に向《む》かってぐねぐねと曲《ま》がりくねった山道《やまみち》を、青《あお》いスポーツカーが登《のぼ》ってくるのが見《み》えた。初《うい》が知《し》らせてくれた特徴《とくちょう》どおりだ。

「あれか……。」

車《くるま》が到着《とうちゃく》すると、中《なか》から崩心《ほうしん》と黒田《くろだ》が降《お》りてきた。

「崩心《ほうしん》……。」

「やあ、待《ま》たせたなぁ。」

崩心《ほうしん》はまるで旧《ふる》い友人《ゆうじん》に再会《さいかい》したかのように嬉《うれ》しそうな声《こえ》を上《あ》げる。

「いや、待《ま》ちわびていたのは私《わたし》のほうか。ずいぶんと鍵集《かぎあつ》めに苦労《くろう》したようだな。本当《ほんとう》に待《ま》ちわびたぞ。私《わたし》の元《もと》に鍵《かぎ》を持《も》ってくる今日《きょう》という日《ひ》をな。」

「それが待《ま》たされ損《ぞん》だったことを今日《きょう》、俺《おれ》がおまえに教《おし》えてやるよ。」

「ふはは。言《い》うじゃないか。」

「ついでに鍵《かぎ》の欲望《よくぼう》からおまえを救《すく》ってやる。」

「偉《えら》そうに。人間《にんげん》は欲望《よくぼう》から逃《のが》れられない生《い》き物《もの》だ。それは、私《わたし》に限《かぎ》らずだ。そして、その人間《にんげん》を欲望《よくぼう》に誘《さそ》うのが悪魔《あくま》だ。」

崩心《ほうしん》は「とんとん。」と右《みぎ》の胸《むね》を拳《こぶし》で叩《たた》いた。おそらくそこに悪魔《あくま》の鍵《かぎ》が入《はい》っているのだろう。

「そういう意味《いみ》じゃあ、悪魔《あくま》こそ人類究極《じんるいきゅうきょく》の欲望《よくぼう》ともいえる。なあ、そうは思《おも》わないか、織田照朝《おだてるあさ》？」

「思《おも》わないな。」

きっぱりと即答《そくとう》する照朝《てるあさ》。

「俺《おれ》は人類《じんるい》を欲望《よくぼう》という狂気《きょうき》から救《すく》うため、悪魔《あくま》の鍵《かぎ》をすべて消滅《しょうめつ》させるんだ。そういうおまえこそ、鍵《かぎ》を全部《ぜんぶ》集《あつ》めてなにをするつもりだ？　悪魔《あくま》にでもなるつもりか？」

皮肉《ひにく》のつもりだった。しかし、崩心《ほうしん》は一瞬《いっしゅん》目《め》を丸《まる》くし、照朝《てるあさ》の質問《しつもん》には答《こた》えなかった。

「さあ、無駄話《むだばなし》はこれくらいにして始《はじ》めよう、最後《さいご》のアクマゲームを！」

崩心《ほうしん》は、懐《ふところ》から悪魔《あくま》の鍵《かぎ》を取《と》り出《だ》した。まるで自分《じぶん》の「心臓《しんぞう》」を取《と》り出《だ》すかのように。

崩心《ほうしん》が鍵《かぎ》を地面《じめん》に挿《さ》そうとした瞬間《しゅんかん》、照朝《てるあさ》のスマホが鳴《な》った。

「悠季《ゆうき》!?　どうしたんだ、こんなときに？」

「照朝《てるあさ》くん、いますぐゲームを止《や》めて！」

「え？　なに言《い》ってるんだよ？」

「とんでもないことがわかっちゃったの！」

「なにがわかったっていうんだ？」

「五枚目《まいめ》の壁画《へきが》の文字《もじ》を解読《かいどく》したの。」

「だから、それがなんだっていうんだ！」

「九十九本《ほん》集《あつ》めても鍵《かぎ》は消《け》せないの。それどころか、悪魔《あくま》がっ……、ブツッ！」

突然通話《とつぜんつうわ》が切《き》れた。この山全体《やまぜんたい》が崩心《ほうしん》に「部屋《へや》」と認識《にんしき》され閉鎖空間《へいさくうかん》になったのだ。

「我《われ》はゲームマスター、ガド。」

目《め》の前《まえ》に、照朝《てるあさ》が最初《さいしょ》に出会《であ》った牛頭《ごず》の悪魔《あくま》が現《あらわ》れた。

「崩心《ほうしん》祷《いのる》、織田《おだ》照朝《てるあさ》。貴様《きさま》たちはなにを求《もと》める？」

ガドは不敵《ふてき》な笑《え》みを浮《う》かべながら、崩心《ほうしん》と照朝《てるあさ》の顔《かお》を交互《こうご》に見《み》つめる。

「私《わたし》が欲《ほっ》するのは織田《おだ》照朝《てるあさ》の持《も》つ九十八本《ぽん》の鍵《かぎ》。それと『ジラーニエ』だ。」

崩心《ほうしん》はそう言《い》うと、背後《はいご》に控《ひか》えていた黒田《くろだ》を振《ふ》り返《かえ》る。

「ありがとうございます！」

崩心《ほうしん》は、黒田《くろだ》の「ジラーニエと悪魔《あくま》の鍵《かぎ》で人類《じんるい》を滅亡《めつぼう》させる」という願《ねが》いを叶《かな》えてやろうとしている。

ますます負《ま》けるわけにはいかない。照朝《てるあさ》は強《つよ》くそう思《おも》った。

「了承《りょうしょう》した。では、おまえは？　織田《おだ》照朝《てるあさ》。」

「崩心《ほうしん》の持《も》つ悪魔《あくま》の鍵《かぎ》。それに崩心《ほうしん》の記憶《きおく》からアクマゲームの記憶《きおく》を消《け》してやってくれ。」

照朝《てるあさ》の申《もう》し出《で》に、ガドが問《と》い直《なお》す。

「記憶《きおく》？　命《いのち》を消《け》すの間違《まちが》いではないのか？　崩心《ほうしん》は父親《ちちおや》の仇《かたき》だろう？」

「アクマゲームではもう、誰《だれ》も死《し》なせない。」

ここに来《く》る前《まえ》から、いや、もっとずっと前《まえ》から照朝《てるあさ》が心《こころ》に決《き》めていたことだった。

「ははっ。甘《あま》いな。」

崩心《ほうしん》が馬鹿《ばか》にしたように笑《わら》う。それでも照朝《てるあさ》の決意《けつい》に変《か》わりはなかった。

「了承《りょうしょう》した。だが、悪魔《あくま》の鍵《かぎ》はゲームの勝者《しょうしゃ》に自動的《じどうてき》に所有権《しょゆうけん》が移《うつ》る。よって賭《か》けるものは『ジラーニエ』と『崩心《ほうしん》の記憶消去《きおくしょうきょ》』となるが、いいな？」

照朝《てるあさ》と崩心《ほうしん》は首《くび》を縦《たて》に振《ふ》る。

「よろしい。では、宣誓《せんせい》を。」

「αγώνα《アゴナ》 για《ヤ》 την《ティン》 επιθυμία《エピシミア》」

照朝《てるあさ》が叫《さけ》ぶ。

「νίκη《ニキ》 για《ヤ》 την《ティン》 επιθυμία《エピシミア》」

崩心《ほうしん》が続《つづ》ける。

「Ορκίζομαι《オルキゾメ》 στον《ストン》 διάβολο《ディアボロ》」

ふたりで叫《さけ》ぶ。宣誓完了《せんせいかんりょう》だ。

「織田照朝《おだてるあさ》。最初《さいしょ》にやったゲームを覚《おぼ》えているか？　おまえが丸子《まるこ》の命《いのち》を奪《うば》った、あのゲームを。」

ガドの言葉《ことば》に、照朝《てるあさ》の記憶《きおく》が蘇《よみがえ》る。あれからもうずいぶん経《た》つが、まるで昨日《きのう》のことのように丸子《まるこ》の声《こえ》が耳《みみ》に残《のこ》っている。

――じゃあかあしいわ！　ワシはパパを超《こ》えるんじゃ！

丸子《まるこ》の野望《やぼう》が叶《かな》うことはなかった。照朝《てるあさ》の勝利《しょうり》と同時《どうじ》に、賭《か》けていた丸子《まるこ》の命《いのち》は悪魔《あくま》に「清算《せいさん》」されてしまったからだ。

「忘《わす》れるわけないだろ……。」

照朝《てるあさ》は、崩心《ほうしん》にではなく、自分自身《じぶんじしん》に、いや、自分《じぶん》の中《なか》にある丸子《まるこ》の記憶《きおく》に対《たい》してそう答《こた》えた。

「ときに崩心《ほうしん》、おまえ、破壊《はかい》は好《す》きか？」

ガドからの唐突《とうとつ》な質問《しつもん》。

「ああ！　人間《にんげん》の本能《ほんのう》だからな。」

崩心《ほうしん》は迷《まよ》わずそう答《こた》えた。

「よし、ならば今回《こんかい》のゲームは……。」

ガドが手《て》に持《も》ったステッキを勢《いきお》いよく天《てん》に掲《かか》げた。

同時《どうじ》に、空《そら》からひらりと一枚《まい》の紙切《かみき》れが舞《ま》い降《お》りてくる。そこには今回《こんかい》のゲームのタイトルが書《か》かれていた。

【落下真偽心眼《ダウントゥルーオアフォールス》】

「ダウントゥルーオアフォールス⁉」

「真偽心眼《しんぎしんがん》とは違《ちが》うのか？」

照朝《てるあさ》と崩心《ほうしん》の疑問《ぎもん》にガドが答《こた》える。

「基本《きほん》は織田照朝《おだてるあさ》と丸子光秀《まるこみつひで》のときと同《おな》じだ。問《と》い手《て》は嘘《うそ》、もしくは真実《しんじつ》の事柄《ことがら》をひとつ発言《はつげん》し、『トゥルーオアフォールス？』と解《と》き手《て》に問《と》う。」

そう。そして、「解《と》き手《て》」は「問《と》い手《て》」の言《い》った事柄《ことがら》が真実《しんじつ》だと思《おも》えば「トゥルー」。嘘《うそ》だと思《おも》えば「フォールス」と答《こた》える。

正解《せいかい》すれば一点獲得《てんかくとく》。不正解《ふせいかい》なら相手《あいて》に一点《てん》が入《はい》る。そして問《と》い手《て》と解《と》き手《て》を交互《こうご》にチェンジし、三点先取《てんせんしゅ》したほうの勝利《しょうり》となる。

(俺《おれ》がやったときのルールはそうだったが……。)

照朝《てるあさ》はそのときのゲームタイトルにはなかった「落下《らっか》」という二文字《ふたもじ》の意味《いみ》するところ

が気《き》になっていた。

「おまえたちには、そのトゥルーオアフォールスを破壊《はかい》のスリルを楽《たの》しみながらやってもらう。」

さきほどガドが崩心《ほうしん》に質問《しつもん》したのはこのためだったのだ。ガドがステッキを振《ふ》ると、目《め》の前《まえ》に二台《だい》の大型四輪駆動車《おおがたよんりんくどうしゃ》が現《あらわ》れた。

「4WD《ダブリューディー》⁉」

「これに乗《の》りながらゲームをするのか⁉」

照朝《てるあさ》がこれまで経験《けいけん》したことのない展開《てんかい》だった。表情《ひょうじょう》を見《み》るに、崩心《ほうしん》も初《はじ》めてのようだった。

「運転《うんてん》といってもおまえたちが操作《そうさ》できるのはハンドルのみだ。しかも、車《くるま》には二リットルのニトログリセリンが積《つ》まれている。」

「ニトログリセリン」はダイナマイトの原料《げんりょう》でもある爆薬《ばくやく》だ。衝撃《しょうげき》を加《くわ》えるとそれが連鎖《れんさ》して加速度的《かそくどてき》な大爆発《だいばくはつ》を起《お》こす特徴《とくちょう》がある。

車《くるま》の中《なか》を見《み》ると、助手席《じょしゅせき》に液体《えきたい》の入《はい》った容器《ようき》が、あまりにも心《こころ》もとない細《ほそ》い糸《いと》で吊《つ》るされている。

「一定《いってい》の揺《ゆ》れを超《こ》えると爆発《ばくはつ》するようにしてある。」

ガドは悪戯《いたずら》っぽく笑《わら》って言《い》った。ただ、二リットルのニトログリセリンは「悪戯《いたずら》」で済《す》ませられる量《りょう》ではない。

「くくっ。即死《そくし》だな。」

なにが可笑《おか》しいのか、崩心《ほうしん》も笑《わら》いながら言《い》った。

「ああ。つまり問題《もんだい》に正解《せいかい》してもハンドル操作《そうさ》を誤《あやま》れば死《し》ぬ。今回《こんかい》だけの特別《とくべつ》ルールだ。」

ガドの余計《よけい》な「演出《えんしゅつ》」に苛立《いらだ》ちを覚《おぼ》えながら、それがこれまでのゲームのルールと大《おお》きく異《こと》なる点《てん》を指摘《してき》した。

「ゲーム中《ちゅう》にどちらかひとりでも死《し》んだら、閉鎖空間《へいさくうかん》が永遠《えいえん》に解《と》かれなくなるはずだったろ？」

「ああ、そのとおりだ。だから死《し》ぬのはゲームが終了《しゅうりょう》して閉鎖空間《へいさくうかん》が解《と》かれた後《あと》だ。」

ゲームマスターであるガドのルールは公平《こうへい》ではあるが絶対《ぜったい》だ。照朝《てるあさ》はこの理不尽《りふじん》な追加《ついか》ルールを受《う》け入《い》れるしかなかった。

「デスゲームか。おもしろい。」

一方《いっぽう》で崩心《ほうしん》は心《こころ》から今回《こんかい》のゲームを楽《たの》しみにしている。

(破滅主義者《はめつしゅぎしゃ》め。)

照朝《てるあさ》はなおさら負《ま》けられないと、覚悟《かくご》をより強《つよ》くした。

車《くるま》に乗《の》り込《こ》む照朝《てるあさ》と崩心《ほうしん》。

「照朝《てるあさ》、準備《じゅんび》はいい？」

運転席《うんてんせき》から見《み》えるようにセットしたスマホからおろちの声《こえ》。おろちにはナビとサポートをしてもらうつもりだった。

「ゲームの特性上《とくせいじょう》、走行中《そうこうちゅう》もお互《たが》いに会話《かいわ》はできるようにしてある。思《おも》う存分《ぞんぶん》駆《か》け引《ひ》きを楽《たの》しむがいい。」

ガドはそう言《い》うと、直後《ちょくご》ゲームスタートを宣言《せんげん》した。

同時《どうじ》に二台《だい》の４ＷＤ《ダブリューディー》がゆっくりと動《うご》き出《だ》した。

「ん!?　アクセルを踏《ふ》み込《こ》んでるのに八キロしか出《で》ないぞ。」

照朝《てるあさ》はスピードメーターを見《み》ながら言《い》った。

「でも、このスピードでしか走《はし》れないなら、ニトロが揺《ゆ》れる心配《しんぱい》もないね。」

おろちはそう言《い》うが、アクマゲームがそんなに甘《あま》いわけがないと照朝《てるあさ》は思《おも》った。案《あん》の定《じょう》、ガドから後出《あとだ》しの説明《せつめい》が入《はい》る。

「言《い》い忘《わす》れたが、車《くるま》のスピードは一問《もん》ごとに倍増《ばいぞう》する。」

「倍増《ばいぞう》!? ってことは、二問目《もんめ》は十六キロ。三問目《もんめ》はその倍《ばい》の三十二キロ。四問目《もんめ》は六十四キロ。五問目《もんめ》になると百二十八キロにまでなっちゃうよ! そんなスピードで山道《やまみち》を下《くだ》ったら、ニトロが……。」

「わかってる。」

おろちに言《い》われるまでもなかった。勝負《しょうぶ》が長引《ながび》くほど爆発《ばくはつ》のリスクが高《たか》まる。そしてそのことに対《たい》する焦《あせ》りがプレイヤーの思考力《しこうりょく》や判断力《はんだんりょく》を鈍《にぶ》らせる。いやらしいほどによくできた仕組《しく》みだ。

「ガドのやつめ……。」

照朝《てるあさ》はハンドルをぎゅっと握《にぎ》りしめる。怒《いか》りで運転《うんてん》が荒《あら》くなることも避《さ》けねばならない。冷静《れいせい》になれ、と自分《じぶん》に言《い》い聞《き》かせる。

「それでは第一問《だいいちもん》。崩心《ほうしん》の出題《しゅつだい》からだ。」

ガドの声《こえ》のあとに、崩心《ほうしん》の声《こえ》が聞《き》こえる。

「よし、問題《もんだい》だ。私《わたし》が『ショットガン』を挿《さ》しているのは右《みぎ》の脇《わき》だ。トゥルーオアフォールス？」

ショットガン。

もちろんさきほど会《あ》ったときにそんなものを持《も》っている様子《ようす》はなかった。しかし、崩心《ほうしん》がショットガンの所持《しょじ》を問題《もんだい》にしてきた意図《いと》を照朝《てるあさ》はわかっていた。

——バァアン！

——父《とう》さん⁉

照朝《てるあさ》が幼《おさな》いころ、父《ちち》、清司《せいじ》を撃《う》った崩心《ほうしん》。そして、ガイドとなった清司《せいじ》を撃《う》ったのもまた崩心《ほうしん》だった。清司《せいじ》は崩心《ほうしん》に二度《にど》撃《う》たれている。そのどちらもショットガンによるものだった。

「くっ！」

怒《いか》りと悲《かな》しみが湧《わ》き起《お》こる。その瞬間《しゅんかん》、道端《みちばた》の石《いし》にタイヤが乗《の》り上《あ》げ、車体《しゃたい》が揺《ゆ》れる。

「照朝《てるあさ》、気《き》をつけて！　これは照朝《てるあさ》を動揺《どうよう》させる作戦《さくせん》だよ！」

おろちの声《こえ》で我《われ》に返《かえ》る。

「ああ、すまない。わかってる。こんなことで動揺《どうよう》すればあいつの思《おも》うツボだな。」

照朝《てるあさ》は呼吸《こきゅう》を深《ふか》く一度《ど》。これで気持《きも》ちがすっと落《お》ち着《つ》いた。

（崩心《ほうしん》はいつも右手《みぎて》にショットガンを握《にぎ》っていた。右利《みぎき》きだから、取《と》り出《だ》しづらい右脇《みぎわき》に銃《じゅう》を挿《さ》すはずがない。）

「さあ、答《こた》えろ。織田照朝《おだてるあさ》！」

「答《こた》えは『フォールス』だ！」

照朝《てるあさ》が出《だ》した答《こた》えは「嘘《うそ》」。

「不正解《ふせいかい》だ。崩心《ほうしん》に一点《てん》が加算《かさん》される。」

車《くるま》のフロントガラスに【織田照朝《おだてるあさ》0　崩心祷《ほうしんいのる》1】とスコアが表示《ひょうじ》される。

「なに⁉」

「ほう、私《わたし》が右利《みぎき》きだと覚《おぼ》えていたか。だが、私《わたし》は臆病者《おくびょうもの》でね。いざというときのために、銃《じゅう》を両脇《りょうわき》に挿《さ》しているんだよ。」

「がははは。」と崩心《ほうしん》の笑《わら》い声《ごえ》が車中《しゃちゅう》に響《ひび》く。完全《かんぜん》にやられた。照朝《てるあさ》は二丁拳銃《にちょうけんじゅう》までは読《よ》みきれていなかった。

「ガクン！」

突然《とつぜん》、車《くるま》のスピードが上《あ》がる。メーターは十六キロを指《さ》している。助手席《じょしゅせき》のニトログリセリンの揺《ゆ》れが少《すこ》しだけ大《おお》きくなる。またひとつ死《し》のリスクが高《たか》まった証《あかし》だった。

「では、第二問《だいにもん》。問《と》い手《て》、織田照朝《おだてるあさ》よ、出題《しゅつだい》しろ。」

ガドに促《うなが》され、照朝《てるあさ》は問題《もんだい》を考《かんが》える。

（向《む》こうがショットガンなら……。）

崩心《ほうしん》はあえて自分《じぶん》が所持《しょじ》していることを周囲《しゅうい》に印象《いんしょう》づけている武器《ぶき》を問題《もんだい》に選《えら》んだ。照《てる》朝《あさ》も同《おな》じ作戦《さくせん》を思《おも》いつく。

「問題《もんだい》だ。この閉鎖空間《へいさくうかん》の中《なか》に『モグチョコ』はある。トゥルーオアフォールス？」

「モグチョコ？」

崩心《ほうしん》がおうむ返《がえ》しをしてくる。

しかし、照朝《てるあさ》はそれには答《こた》えない。

「ああ、いつもおまえが食《た》べていたあの菓子《かし》か。ことあるごとに食《た》べていたな。それが、この閉鎖空間《へいさくうかん》にあるか、か……。」

しばし沈黙《ちんもく》が続《つづ》く。

おそらく崩心《ほうしん》も思案《しあん》しているのだろう。

（おそらく、崩心《ほうしん》は『閉鎖空間《へいさくうかん》』と俺《おれ》が範囲《はんい》を指定《してい》したことに疑問《ぎもん》を持《も》っているだろう。）

これは照朝《てるあさ》の狙《ねら》いだった。照朝自身《てるあさじしん》が手《て》の届《とど》く範囲《はんい》ではなく、あえてこの山全体《やまぜんたい》を範囲《はんい》とした。

（あいつならきっと覚《おぼ》えているはず。）

そう。さきほど小《ちい》さな売店《ばいてん》を通《とお》り過《す》ぎた。崩心《ほうしん》はきっとその存在《そんざい》を把握《はあく》している。ならば、その売店《ばいてん》に「モグチョコ」が売《う》っている可能性《かのうせい》を考《かんが》える。ここで「トゥルー」と答《こた》えるか。いや、崩心《ほうしん》はきっとその先《さき》の事実《じじつ》にも気《き》づいているはず。そう照朝《てるあさ》は確信《かくしん》していた。

【空《あ》き店舗《てんぽ》】

売店《ばいてん》のドアにはそう赤文字《あかもじ》で書《か》かれた札《ふだ》が貼《は》られていた。

「あの店《みせ》はもう営業《えいぎょう》していない。つまりあそこにはモグチョコはない。答《こた》えは『フォールス』だ。」

崩心《ほうしん》の自信満々《じしんまんまん》な声《こえ》が響《ひび》く。

「不正解《ふせいかい》だ。」

「なに⁉」

ガドの正解発表《せいかいはっぴょう》に驚《おどろ》く崩心《ほうしん》。

【織田照朝《おだてるあさ》1　崩心祷《ほうしんいのる》1】

照朝《てるあさ》のスコアに一点《てん》が追加《ついか》される。

「ひっかかったな。俺《おれ》がモグチョコを切《き》らすわけないだろ？」

照朝《てるあさ》は、ポケットからモグチョコをひとつ取《と》り出《だ》して口《くち》に放《ほう》り込《こ》んだ。絶妙《ぜつみょう》な甘《あま》さが脳《のう》を活性化《かっせいか》させる。

だが直後《ちょくご》、車《くるま》のスピードがさらに上《あ》がる。メーターは三十二キロを指《さ》す。

「照朝《てるあさ》、またスピードが倍《ばい》になったよ〜。」

おろちが焦《あせ》っている。

「わかってる。」

「だって、だって。ほら、カーブだよ。照朝《てるあさ》、落《お》ち着《つ》いて、とにかく落《お》ち着《つ》いて。」

早口《はやくち》でまくしたてるおろち。

「言《い》われなくてもわかってる。」

AI《エーアイ》なんだからおまえのほうが落《お》ち着《つ》けと照朝《てるあさ》は思《おも》った。

揺《ゆ》れを最小限《さいしょうげん》にしながら減速《げんそく》できない車《くるま》を必死《ひっし》に制御《せいぎょ》し、山道《やまみち》を下《くだ》っていく。

「プップー！」

突然《とつぜん》、崩心《ほうしん》がクラクションを鳴《な》らした。

「なんだ⁉」

驚《おどろ》いた照朝《てるあさ》は思《おも》わずバックミラーで後方《こうほう》を走《はし》っている崩心《ほうしん》の車《くるま》を確認《かくにん》する。

直後《ちょくご》、崩心《ほうしん》が三問目《もんめ》を出題《しゅつだい》する。

「たったいま通《とお》り過《す》ぎた温泉《おんせん》の看板《かんばん》に動物《どうぶつ》は三匹以上《びきいじょう》いた。トゥルーオアフォールス？」

「看板《かんばん》⁉」

照朝《てるあさ》は振《ふ》り返《かえ》るも、すでに遥《はる》か後方《こうほう》だ。

「見《み》てなかったの、照朝《てるあさ》？」

「くそっ。クラクションはこのためか。」

まんまと崩心《ほうしん》の策《さく》にはめられてしまった。

「さあ、答《こた》えろ、織田照朝《おだてるあさ》！」

「照朝《てるあさ》、確率《かくりつ》は二分《ぶん》の一だよ。」

まさか高度《こうど》な駆《か》け引《ひ》きが必要《ひつよう》な心理《しんり》ゲームの「真偽心眼《しんぎしんがん》」で当《あ》てずっぽうに頼《たよ》ることになるとは。

「トゥルー。」

照朝《てるあさ》は二分《ぶん》の一の確率《かくりつ》に賭《か》けた。

「不正解《ふせいかい》だ。」

しかしガドの発表《はっぴょう》は非情《ひじょう》なもの。崩心《ほうしん》のスコアが加算《かさん》される。

「クラクションで驚《おどろ》かせちゃったかな？　前方不注意《ぜんぽうふちゅうい》だぞ、織田照朝《おだてるあさ》。バカめ。」

スピードがさらに上《あ》がり、六十四キロになる。

「くっ！」

このスピードで一切《いっさい》の減速《げんそく》なしに曲《ま》がりくねった山道《やまみち》を下《くだ》るにはかなりのドライビングテクニックが必要《ひつよう》になる。

「照朝《てるあさ》!!」

初《うい》の声《こえ》が耳《みみ》に届《とど》く。前方《ぜんぽう》のカーブのところに心配《しんぱい》そうな顔《かお》をした初《うい》が立《た》っていた。

「心配《しんぱい》するな。」と返《かえ》せるほどの余裕《よゆう》は、いまの照朝《てるあさ》にはない。

初《うい》の前《まえ》を通《とお》りすぎカーブを抜《ぬ》ける。

照朝《てるあさ》が右《みぎ》へ左《ひだり》へハンドルを切《き》るたびに、ニトログリセリンの液面《えきめん》が揺《ゆ》れる。照朝《てるあさ》の心臓《しんぞう》も恐怖《きょうふ》と緊張《きんちょう》で揺《ゆ》れ動《うご》く。

「次《つぎ》の問題《もんだい》で崩心《ほうしん》が正解《せいかい》すれば、おまえの負《ま》けだ。さあ、織田照朝《おだてるあさ》、問《と》いを言《い》え。」

中立公正《ちゅうりつこうせい》のはずのガドがプレッシャーをかけているように感《かん》じるのは、それだけ照朝《てるあさ》が追《お》い込《こ》まれているからだろうか。すぐに問題《もんだい》が思《おも》いつかない。

「照朝《てるあさ》！　運転《うんてん》も気《き》を抜《ぬ》いちゃダメ！　ニトロがもう限界《げんかい》だよ！」

おろちの慌《あわ》てる声《こえ》。

しかし、そのことが逆《ぎゃく》に照朝《てるあさ》に閃《ひらめ》きをもたらした。

「よし、問題《もんだい》だ！　俺《おれ》の車《くるま》にニトログリセリンの液体《えきたい》は二リットルある。トゥルーオアフォールス？」

しばしの沈黙《ちんもく》。

崩心《ほうしん》が考《かんが》えている証拠《しょうこ》だ。

（ガドは最初《さいしょ》に『二リットルのニトログリセリンが積《つ》まれている。』と明言《めいげん》していた。この『二リットル』に崩心《ほうしん》の注意《ちゅうい》が向《む》いていることに賭《か》ける。）

「答《こた》えはトゥルーだ！」

だが、ガドは「不正解《ふせいかい》。」と発《はっ》した。

「なに!?　なぜだ？　積《つ》んであるニトロは同《おな》じ二リットルのはずだろう？　しかもニトログリセリンは百度《ど》にならないと蒸発《じょうはつ》はしない。量《りょう》が変《か》わるはずはない！」

崩心《ほうしん》の抗議《こうぎ》に照朝《てるあさ》が答《こた》える。

「量《りょう》は変《か》わっていない。ただ、俺《おれ》は『液体《えきたい》は』と聞《き》いたんだ。いま俺《おれ》の車《くるま》にあるニトログリセリンは『一分間の絶対固定《リミテッド・パーフェクト》』で『固体《こたい》』になっている。」

「くそ、悪魔《あくま》のチカラか！」

【織田照朝《おだてるあさ》2　崩心祷《ほうしんいのる》2】

「同点《どうてん》リーチだよ、照朝《てるあさ》！」

「ああ。次《つぎ》で決《き》めてやる！」

「ふっ。それはどうかな？」

余裕《よゆう》ともとれる笑《わら》い声《ごえ》が聞《き》こえた直後《ちょくご》、「発動《はつどう》！」と崩心《ほうしん》が叫《さけ》んだ。

＊＊＊

「よし、問題《もんだい》だ！　俺《おれ》の車《くるま》にニトログリセリンの液体《えきたい》は二リットルある。トゥルーオアフォールス？」

照朝《てるあさ》は、悪魔《あくま》のチカラを使《つか》ってニトログリセリンを固体《こたい》に変《か》えた。このトリックに照朝《てるあさ》は絶対《ぜったい》の自信《じしん》があった。しかし、崩心《ほうしん》はまるで答《こた》えを知《し》っているかのように迷《まよ》うことなく即答《そくとう》した。

「答《こた》えはフォールスだ！」

「正解《せいかい》だ。崩心《ほうしん》、一点獲得《てんかくとく》。」

【織田照朝《おだてるあさ》1　崩心祷《ほうしんいのる》3】

フロントガラスにスコアが表示《ひょうじ》される。

「よってこのゲーム、三点先取《てんせんしゅ》した崩心《ほうしん》の勝利《しょうり》だ！」

ガドがそう宣言《せんげん》した。

「くっ、負《ま》けた。」

悔《くや》しがる照朝《てるあさ》の耳《みみ》に崩心《ほうしん》の余裕《よゆう》の笑《わら》い声《ごえ》が響《ひび》く。

「悪魔《あくま》のチカラでニトロを固定《こてい》したんだろ？　違《ちが》うかな？」

「な、なんで⁉」

まさかそこまで読《よ》まれていたとは。照朝《てるあさ》の完敗《かんぱい》だった。

ゲームが終《お》わり、ブレーキも利《き》くようになっていた。照朝《てるあさ》は車《くるま》を停《と》める。崩心《ほうしん》も車《くるま》を停《と》め降《お》りてくる。

そこに黒田《くろだ》もスポーツカーでやってきた。

「では、賭《か》けの清算《せいさん》を。」

黒田《くろだ》がガドに言《い》った。

「その前《まえ》に！　負《ま》け犬《いぬ》にプレゼントだ！」

崩心《ほうしん》は両脇《りょうわき》からショットガンを取《と》り出《だ》し、照朝《てるあさ》の車《くるま》に向《む》かって散弾《さんだん》を放《はな》った。

「ドガァァァァァァアン！！！」

ニトログリセリンが大爆発《だいばくはつ》。すんでのところで照朝《てるあさ》は車《くるま》から飛《と》び降《お》りたが、爆風《ばくふう》で吹《ふ》き飛《と》ばされてしまう。

「ぐわあっ！」

「これにてゲーム終了《しゅうりょう》だ！」

薄《うす》れゆく意識《いしき》の中《なか》でガドの声《こえ》が聞《き》こえ、山《やま》を覆《おお》っていた結界《けっかい》が消《き》え、同時《どうじ》にガドも消《き》えていく。

崩心《ほうしん》の手《て》に、九十八本《ぽん》の悪魔《あくま》の鍵《かぎ》とジラーニエが渡《わた》る。

――照朝《てるあさ》、私《わたし》の息子《むすこ》ならこの試練《しれん》を乗《の》り越《こ》えてみせろ。

ガイドとなった父《ちち》、清司《せいじ》の声《こえ》が蘇《よみがえ》る。

――私《わたし》は遠《とお》くからずっとおまえを見守《みまも》っていた。

――悪魔《あくま》の鍵《かぎ》は消《け》せる。

――頼《たの》んだぞ……我《わ》が息子《むすこ》よ。

父《ちち》の最期《さいご》の言葉《ことば》。

（父《とう》さん、ごめん。約束《やくそく》、果《は》たせなかった……。）

直後《ちょくご》、照朝《てるあさ》の意識《いしき》は、まるで閉鎖空間《へいさくうかん》に入《はい》ってしまったかのように外界《がいかい》の情報《じょうほう》をすべて遮断《しゃだん》してしまった。

6 百本目《ぽんめ》の鍵《かぎ》

目《め》を開《あ》けると真《ま》っ白《しろ》い天井《てんじょう》が広《ひろ》がっていた。

照朝《てるあさ》は、そこがすぐに病院《びょういん》であることに気《き》づく。

「大丈夫《だいじょうぶ》か、照朝《てるあさ》！」

初《うい》の声《こえ》がして顔《かお》を向《む》けると、そこには心配《しんぱい》そうな顔《かお》をした悠季《ゆうき》と紫《ゆかり》もいた。

「ごめん。」

照朝《てるあさ》は、父《ちち》との約束《やくそく》も守《まも》れず、すべてを賭《か》けた戦《たたか》いに敗《やぶ》れてしまったことを詫《わ》びた。

病室《びょうしつ》が静寂《せいじゃく》に包《つつ》まれる。誰《だれ》も照朝《てるあさ》を責《せ》めることなどできない。だが、同時《どうじ》に励《はげ》ますこともできずにいた。

「悪魔《あくま》の鍵《かぎ》を消滅《しょうめつ》させられなかった……。」

「そのことなんだけど。」

悠季《ゆうき》がパソコンを開《ひら》く。そこにはミテラタート遺跡《いせき》の五枚目《まいめ》の壁画《へきが》が映《うつ》されていた。悪《あく》魔《ま》と人間《にんげん》が向《む》き合《あ》っている。

「そういえば、崩心《ほうしん》とのゲーム開始直前《かいしちょくぜん》、五枚目《まいめ》の壁画《へきが》の文字《もじ》が解読《かいどく》できたって言《い》ってたな。」

照朝《てるあさ》は、途中《とちゅう》で切《き》れてしまった悠季《ゆうき》からの電話《でんわ》のことを思《おも》い出《だ》す。

「そう。五枚目《まいめ》の壁画《へきが》には『クレーシャの神殿《しんでん》に九十九本《ほん》の鍵《かぎ》と人間《にんげん》の生贄《いけにえ》を捧《ささ》げよ。悪《あく》魔《ま》は天地《てんち》の王《おう》となり数多《あまた》の厄災《やくさい》がこの世《よ》を覆《おお》い尽《つ》くす。すべてを欲《ほっ》するならば悪魔《あくま》の王《おう》に仕《つか》えよ。』って書《か》かれてたの。」

「悪魔《あくま》の王《おう》？」

すぐには意味《いみ》がわからない。

「どういうことだ？　鍵《かぎ》を消滅《しょうめつ》させられるんじゃなかったのか。」

「残念《ざんねん》だけど、そうみたい……。」

悠季《ゆうき》が視線《しせん》を落《お》とす。初《うい》と紫《ゆかり》も事前《じぜん》に聞《き》かされていたようで、言葉《ことば》もなく目《め》を伏《ふ》せている。

「消滅《しょうめつ》させる方法《ほうほう》がひとつだけあるよ！」

病室《びょうしつ》の重《おも》い空気《くうき》を無視《むし》するかのように、悠季《ゆうき》の開《ひら》いたパソコンからおろちの声《こえ》が響《ひび》く。

「え？　そんな方法《ほうほう》が？」

悠季《ゆうき》も初耳《はつみみ》のようだ。

「どうすればいいの？」

紫《ゆかり》がパソコン画面《がめん》を覗《のぞ》き込《こ》む。

「簡単《かんたん》なことだよ。鍵《かぎ》を使《つか》いたがる人類《じんるい》が滅《ほろ》びればいいんだよ。」

おろちの発言《はつげん》に、照朝《てるあさ》たちは言葉《ことば》を失《うしな》った。

「あれ？　みんなどうしたの？　黙《だま》っちゃって。」

「引《ひ》いてんの！」

おろちをたしなめた悠季《ゆうき》だったが、その発言自体《はつげんじたい》を強《つよ》く否定《ひてい》はしなかった。照朝《てるあさ》は以前《いぜん》
崩心《ほうしん》が発《はっ》した言葉《ことば》を思《おも》い出《だ》す。

――人間《にんげん》は欲望《よくぼう》から逃《のが》れられない生《い》き物《もの》だ。

——そして、その人間《にんげん》を欲望《よくぼう》に誘《さそ》うのが悪魔《あくま》だ。

——悪魔《あくま》こそ人類究極《じんるいきゅうきょく》の欲望《よくぼう》ともいえる。


「まさか……？」

「どうした、照朝《てるあさ》？」

表情《ひょうじょう》を曇《くも》らせる照朝《てるあさ》に初《うい》が心配《しんぱい》そうに尋《たず》ねる。

「クレーシャ神殿《しんでん》があるのは、確《たし》かキルタン王国《おうこく》だったよな。おろち！　キルタン王国行《おうこくい》きの便《びん》はまだあるか？」

照朝《てるあさ》の質問《しつもん》に即座《そくざ》に全航空会社《ぜんこうくうがいしゃ》の便《びん》を調《しら》べるおろち。

「ないね。」

「くそっ、急《いそ》がないといけないのに。」

そう言《い》って、照朝《てるあさ》はベッドから起《お》き上《あ》がろうとした。

「おい、照朝《てるあさ》。急《きゅう》にどうしたんだ。まだ、安静《あんせい》にしてないといけないんだぞ！」

初《うい》が照朝《てるあさ》の肩《かた》を摑《つか》んで、起《お》き上《あ》がるのを止《と》める。

「きっと崩心《ほうしん》はクレーシャに向《む》かっている。」

「どういうこと？」

紫《ゆかり》が不思議《ふしぎ》そうに尋《たず》ねる。初《うい》と悠季《ゆうき》は、照朝《てるあさ》の言葉《ことば》の意味《いみ》に気《き》づいたようだった。

「崩心《ほうしん》は、悪魔《あくま》をこの世界《せかい》に降臨《こうりん》させようとしている……？」

「しかも、自分《じぶん》を『生贄《いけにえ》』にして、だ！」

「そんなっ⁉」

崩心《ほうしん》が悪魔《あくま》を降臨《こうりん》させてなにをしようとしているかなど、考《かんが》えるまでもなかった。破滅《はめつ》主義《しゅぎ》の崩心《ほうしん》のことだ。きっとこの世《よ》を滅茶苦茶《めちゃくちゃ》にしようとしているに違《ちが》いない。

翌日《よくじつ》、担当医《たんとうい》に無理《むり》を言《い》って照朝《てるあさ》は退院《たいいん》した。ベッドで寝《ね》ている場合《ばあい》ではない。

「u《ユー》・u《ユー》・エンジニアリング」で作戦会議《さくせんかいぎ》をしているそのときだった。

「あれ、なに⁉」

紫《ゆかり》が窓《まど》の外《そと》を指差《ゆびさ》す。

空《そら》の上《うえ》から巨大《きょだい》な「なにか」が降《お》りてくる。

照朝《てるあさ》たちは急《いそ》いでビルの屋上《おくじょう》に上《あ》がった。

「あれは……!?」

その「なにか」は、全長《ぜんちょう》八百メートルはあろうかと思《おも》われるほどの大《おお》きさ。しかし、照《てる》朝《あさ》たちが驚《おどろ》いたのは、大《おお》きさにではなかった。

「ガドだ!!」

見覚《みおぼ》えのある赤《あか》いマントに、毛《け》むくじゃらの腕《うで》。そして、見間違《みまちが》うはずもない牛《うし》の頭《あたま》。

《人類《じんるい》に告《つ》ぐ!》

巨大《きょだい》なガドが叫《さけ》んだ。

「なんか、ガドの声《こえ》、変《へん》じゃない?」

最初《さいしょ》に違和感《いわかん》に気《き》づいたのは耳《みみ》のいい紫《ゆかり》だった。

「声《こえ》が混《ま》じってる?」

「崩心《ほうしん》の声《こえ》だ!」

そう。ガドの口《くち》からガドだけではなく、崩心《ほうしん》の声《こえ》も聞《き》こえる。

「まさか、生贄《いけにえ》になるというのは、悪魔《あくま》と一体化《いったいか》するということなのか!?」

それは照朝《てるあさ》の想像《そうぞう》に過《す》ぎなかったが、おそらく間違《まちが》っていないだろうと、その場《ば》にいた全員《ぜんいん》が思《おも》った。

「崩心《ほうしん》ならやりかねないな。」

「悪魔《あくま》とひとつになるなんて、どうかしてる！」

「あいつがまともじゃないのは、最初《さいしょ》からわかってたさ。」

崩心《ほうしん》と一体化《いったいか》したガドは続《つづ》ける。

《いまから四十八時間後《じかんご》、世界《せかい》は炎《ほのお》によって焼《や》き尽《つ》くされ最後《さいご》の審判《しんぱん》が下《くだ》される。》

「最後《さいご》の審判《しんぱん》」が「ジラーニエ」によるものであることを知《し》っている照朝《てるあさ》は唇《くちびる》を噛《か》んだ。

(俺《おれ》がゲームに負《ま》けなければ……。)

後悔《こうかい》で頭《あたま》がいっぱいになる。そんな照朝《てるあさ》の頭上《ずじょう》で、ガドは笑《え》みを浮《う》かべながら話《はな》し続《つづ》ける。

「それによって人類《じんるい》の三分《ぶん》の一が死《し》に絶《た》え、三分《ぶん》の一が狂《くる》い、三分《ぶん》の一が生《い》き残《のこ》るだろう。」

被害《ひがい》の規模《きぼ》は以前《いぜん》おろちが計算《けいさん》したとおりだった。

「生《い》き残《のこ》った者《もの》は、我《われ》の支配下《しはいか》に置《お》き、終《お》わることのない欲望《よくぼう》と戦乱《せんらん》の中《なか》で生《い》き地獄《じごく》を味《あじ》わわせてやろう。」

「照朝《てるあさ》、これ、全世界《ぜんせかい》でやってるみたい！」

おろちがパソコンの画面《がめん》に各国《かっこく》のニュース映像《えいぞう》を映《うつ》し出《だ》す。そこには、照朝《てるあさ》たちが見《み》ているのと同《おな》じ巨大《きょだい》なガドが浮《う》かんでいた。

ニューヨーク、パリ、ロンドン、北京《ペキン》。他《ほか》にもさまざまな国《くに》で報道《ほうどう》されている。照朝《てるあさ》たちが見《み》ているのはガドの幻影《げんえい》みたいなもので、本体《ほんたい》は別《べつ》の場所《ばしょ》にいるのかもしれない。

《人類《じんるい》は我《われ》の前《まえ》にひざまずくのだ！》

そのとき照朝《てるあさ》の背後《はいご》から声《こえ》がした。

「てるりん、怪我大丈夫《けがだいじょうぶ》だった？」

振《ふ》り返《かえ》ると潜夜《せんや》がいた。潜夜《せんや》だけは、黒田《くろだ》の妹《いもうと》の蘭《らん》のそばに残《のこ》っていた。「放《ほう》っておけない。」と。

潜夜《せんや》には妹《いもうと》が「いた」。かつて強盗《ごうとう》に殺《ころ》された妹《いもうと》が。もしかしたら、その妹《いもうと》と蘭《らん》を重《かさ》ねているのかもしれない。そう思《おも》うと、潜夜《せんや》の行動《こうどう》を止《と》めることは照朝《てるあさ》にはできなかった。同《おな》じ、家族《かぞく》を失《うしな》った身《み》として。

「なんか、すごいことになってるね。巨大《きょだい》ガドちん、こえー。」

潜夜《せんや》が空《そら》を見上《みあ》げながら言《い》った。

「あ、そうだ、てるりん。蘭《らん》ちゃんが面白《おもしろ》い話《はなし》があるって。」

潜夜《せんや》の背後《はいご》から蘭《らん》が姿《すがた》を現《あらわ》した。

「面白《おもしろ》い話《はなし》?」

蘭《らん》が照朝《てるあさ》の前《まえ》まで歩《あゆ》み寄《よ》ってくる。

「織田《おだ》さん。悪魔《あくま》の鍵《かぎ》はまだ消滅《しょうめつ》させられます!」

「え!?」

希望《きぼう》は完全《かんぜん》に断《た》たれたと思《おも》っていた。しかし、この世界《せかい》をまだ神《かみ》は見捨《みす》てていなかったようだ。

「どうすればいいんだ?」

「悪魔《あくま》とゲームをするんです。」

「それは、アクマゲームをするって意味《いみ》じゃなくて、悪魔《あくま》を相手《あいて》にゲームをしろってことか?」

「そうです。」

蘭《らん》はこくりとうなずいた。

「クレーシャの神殿《しんでん》に九十九本《ほん》の鍵《かぎ》と生贄《いけにえ》を捧《ささ》げると、その生贄《いけにえ》の肉体《にくたい》を使《つか》って悪魔《あくま》は現《げん》世《せ》に降臨《こうりん》します。その悪魔《あくま》にゲームを挑《いど》んで勝《か》てば、悪魔《あくま》も、悪魔《あくま》の鍵《かぎ》も消滅《しょうめつ》させることができるんです。」

やはり、と照朝《てるあさ》は思《おも》った。これまで悪魔《あくま》たちはアクマゲームをする際《さい》の「閉鎖空間《へいさくうかん》」以《い》外《がい》に現《あらわ》れることはなかった。だが、ガドは幻影《げんえい》とはいえ、実際《じっさい》のこの世界《せかい》に姿《すがた》を見《み》せている。それは崩心《ほうしん》の肉体《にくたい》を手《て》に入《い》れたからだったのだ。

「でも、悪魔《あくま》はゲームの立会人《たちあいにん》でしょ？　悪魔本人《あくまほんにん》と対戦《たいせん》なんてできるの？」

紫《ゆかり》が心配《しんぱい》そうに尋《たず》ねる。

「できる。」

蘭《らん》の代《か》わりに照朝《てるあさ》が答《こた》える。肉体《にくたい》を持《も》っているということは、この世界《せかい》に存在《そんざい》するということ。ならばゲームを挑《いど》むことも可能《かのう》なはずだ。ただ、と照朝《てるあさ》は思《おも》う。

「ゲームをするための鍵《かぎ》がもう……。」

九十九本《ほん》すべてを崩心《ほうしん》がガドに捧《ささ》げてしまった。もう悪魔《あくま》の鍵《かぎ》はない。

「これを見《み》てください。」

蘭《らん》がスマホを取《と》り出《だ》し一枚《まい》の写真《しゃしん》を開《ひら》く。そこには壁画《へきが》が写《うつ》っていた。

「これは悪魔《あくま》の鍵《かぎ》を研究《けんきゅう》していた兄《あに》が、ミテラタート遺跡《いせき》で見《み》つけた六枚目《まいめ》の壁画《へきが》です。」

「え？　でも、こんなの照朝《てるあさ》くんが撮《と》った写真《しゃしん》にはなかったよね。」

悠季《ゆうき》の言《い》うとおりだ。照朝《てるあさ》にも見覚《みおぼ》えがない。

「たぶん兄《あに》が壊《こわ》したんです。百本目《ぽんめ》の鍵《かぎ》を見《み》つけられないように。」

「百本目《ぽんめ》の鍵《かぎ》!?」

照朝《てるあさ》は思《おも》わず叫《さけ》んでしまった。驚《おどろ》きを隠《かく》せない。

「そんなものがあるのか!?」

いつも冷静《れいせい》な初《うい》も同《おな》じだった。蘭《らん》は写真《しゃしん》の一部《いちぶ》を拡大《かくだい》する。

「この針《はり》のようなものが百本目《ぽんめ》の鍵《かぎ》だと、昔《むかし》、兄《あに》が話《はな》してくれました。」

「これが……。」

照朝《てるあさ》はまだ信《しん》じられない気分《きぶん》だった。これまでずっと九十九本《ほん》を集《あつ》めるために戦《たたか》ってきた。だが、まだ鍵《かぎ》がもう一本《ぽん》あったとは。

ただ、信《しん》じるしかない。その最後《さいご》の一本《ぽん》が照朝《てるあさ》たちにとっては、最後《さいご》の希望《きぼう》だ。

「もし悪魔《あくま》に負《ま》けたら……？」

「この世《よ》は、悪魔《あくま》のものになると思《おも》います。」

悪魔《あくま》と崩心《ほうしん》のものに、だなと照朝《てるあさ》は心《こころ》の中《なか》で思《おも》った。

「お願《ねが》いです！　悪魔《あくま》に勝《か》って兄《あに》を止《と》めてください。」

蘭《らん》の必死《ひっし》の願《ねが》い。頼《たの》まれるまでもなく、照朝《てるあさ》は最後《さいご》の鍵《かぎ》でガドに挑《いど》むつもりだ。

だが、ここで初《うい》が水《みず》を差《さ》すような発言《はつげん》をする。

「慎重《しんちょう》に考《かんが》えろ。相手《あいて》はあのガドだぞ。悪魔本人《あくまほんにん》がどんな恐《おそ》ろしいチカラを持《も》ってるのか見当《けんとう》もつかない。それに、崩心《ほうしん》の悪魔《あくま》のチカラが健在《けんざい》だとしたら、さらに勝《か》ち目《め》はない。」

「崩心《ほうしん》の能力《のうりょく》を知《し》ってるのか？」

照朝《てるあさ》は驚《おどろ》いて初《うい》に尋《たず》ねた。しかし、その質問《しつもん》に初《うい》のほうが驚《おどろ》いている。

「気《き》づいてなかったのか⁉」

聞《き》けば「落下真偽心眼《ダウントゥルーオアフォールス》」のゲーム中《ちゅう》、初《うい》が見《み》ている目《め》の前《まえ》で４ＷＤ《ダブリューディー》が急《きゅう》にバックで走《はし》り始《はじ》めたという。まるで動画《どうが》を逆再生《ぎゃくさいせい》しているかのように。

「時間《じかん》を戻《もど》すチカラか！」

しかも、対象者《たいしょうしゃ》は時間《じかん》が戻《もど》ったことにすら気《き》づかない。これをゲームで使《つか》われたら、どんなに有利《ゆうり》に進《すす》めていても一発《いっぱつ》で形勢《けいせい》を逆転《ぎゃくてん》されかねない。

「その『時間逆再生《じかんぎゃくさいせい》』的《てき》なチカラを、崩心《ほうしん》を喰《く》ったガドちんも使《つか》えるってこと？　やば！　チートすぎるって。」

潜夜《せんや》の言《い》うとおりだ。紫《ゆかり》も「絶対《ぜったい》に勝《か》ち目《め》ないじゃん。」と諦《あきら》めモードだ。

「照朝《てるあさ》、わかってるのか？　死《し》にに行《い》くようなもんだぞ。」

初《うい》がまっすぐ照朝《てるあさ》の目《め》を見《み》つめて言《い》った。

「このまま世界《せかい》が地獄《じごく》にされるのを黙《だま》って見《み》てられるか。」

「照朝《てるあさ》くん……。」

悠季《ゆうき》も心配《しんぱい》そうな顔《かお》で照朝《てるあさ》を見《み》つめている。

「俺《おれ》は、自分《じぶん》にできることをやるだけだ。」

照朝《てるあさ》の覚悟《かくご》の一言《ひとこと》に初《うい》もそれ以上《いじょう》の説得《せっとく》は諦《あきら》めたようだった。

「わかった。俺《おれ》もいっしょに行《い》くよ。」

「いや、クレーシャには俺《おれ》ひとりで……。」

初《うい》の同行《どうこう》をやんわりと拒否《きょひ》した照朝《てるあさ》だったが、初《うい》もそして悠季《ゆうき》も黙《だま》っていなかった。

「おとなしく待《ま》ってるくらいなら、わたしもいっしょになって戦《たたか》う。」

紫《ゆかり》と潜夜《せんや》も同《おな》じ気持《きも》ちだったようだ。

「いまさら水臭《みずくさ》いこと言《い》わないで、照朝《てるあさ》。」

「世界《せかい》の存続《そんぞく》を賭《か》けたゲームで、しかも相手《あいて》はあのガドちん。ギャンブラーの僕《ぼく》が行《い》かないわけないでしょ！」

「……みんな。」

四人《にん》もまた照朝《てるあさ》と同《おな》じように覚悟《かくご》を決《き》めた目《め》をしていた。

「わかった。行《い》こう！」

照朝《てるあさ》は、空《そら》に浮《う》かぶ巨大《きょだい》なガドの幻影《げんえい》を指差《ゆびさ》した。

「待《ま》ってろ、ガド！　おまえを必《かなら》ず倒《たお》してやるからな。」

7 キルタン王国《おうこく》

「誰《だれ》もいないわね……。」

悠季《ゆうき》が「わかってはいたけど。」と付《つ》け足《た》した。

キルタン王国《おうこく》に到着《とうちゃく》した照朝《てるあさ》と初《うい》と悠季《ゆうき》は、車《くるま》で目的地《もくてきち》に向《む》けて移動《いどう》していた。街《まち》を歩《ある》くひとはいない。建物《たてもの》の中《なか》にも人気《ひとけ》はない。

空《そら》にはいまだ巨大《きょだい》なガドの幻影《げんえい》が浮《う》かんでいる。まるで、来《きた》るべき「最後《さいご》の審判《しんぱん》」のときまで人類《じんるい》を見張《みは》っているかのようだった。

「逃《に》げたくもなるさ。まあ、どこにも逃《に》げ場《ば》なんてないんだけどな。」

初《うい》がため息《いき》をもらす。

ここに来《く》る前《まえ》の空港《くうこう》のロビーでも、テレビでニュースキャスターが泣《な》きながら話《はな》してい

た。

――世界《せかい》の破滅《はめつ》です。

――悪魔《あくま》が降臨《こうりん》しました。

――各地《かくち》で暴動《ぼうどう》が起《お》こり早《はや》くもこの世《よ》は地獄《じごく》のように……。

――どうか悪魔《あくま》の言《い》ったとおりにならないでください。正気《しょうき》を保《たも》って！

――どうか、どうか、大切《たいせつ》なひとといっしょにいてください。

――ああ、いやだ。死《し》にたくない。

――みなさん、お願《ねが》いです。このあと、私《わたし》がもし最悪《さいあく》の選択《せんたく》をしたとしても、どうか責《せ》めないでください。

――私《わたし》は、悪魔《あくま》に魂《たましい》を売《う》ります。

そう言《い》い残《のこ》して、キャスターはテレビ画面《がめん》から消《き》えてしまった。照朝《てるあさ》たちは、もちろんそのキャスターを責《せ》めたりはしない。責《せ》められるべきは、悪魔《あくま》と、その悪魔《あくま》にその身《み》を捧《ささ》げこの世《よ》の崩壊《ほうかい》を願《ねが》った崩心祷《ほうしんいのる》だ。

「……わかった。気《き》をつけてな。」

照朝《てるあさ》はそう言《い》って、電話《でんわ》を切《き》った。

「潜夜《せんや》たちは、次《つぎ》の便《びん》で来《く》るって？」

「ああ、クレーシャで落《お》ち合《あ》うことにした。」

「そうか、じゃあ先《さき》に行《い》こう。」

「ここからは、船《ふね》がいる。俺《おれ》が探《さが》してくるから、ふたりは食料《しょくりょう》を頼《たの》む。」

そう言《い》って、照朝《てるあさ》は初《うい》と悠季《ゆうき》と別《わか》れた。

街外《まちはず》れの村《むら》。逃《に》げる手段《しゅだん》やお金《かね》を持《も》っている街《まち》の人間《にんげん》と違《ちが》って、ここに住《す》むひとたちは、すぐにどこかへ逃《に》げることはできない。覚悟《かくご》をしているのか、諦《あきら》めているのか、ちらほらとひとの気配《けはい》がした。

「船《ふね》を貸《か》してほしいんだ。」

河原《かわら》でぼうっとしていた村人《むらびと》を見《み》つけて照朝《てるあさ》は声《こえ》をかけた。

「船《ふね》？　いまさらどこへ逃《に》げようっていうんだ？　ここにある船《ふね》じゃ外国《がいこく》どころか、海《うみ》に出《で》るのも難《むずか》しいぜ。」

「いや、逃《に》げるためじゃないんだ。」

「は？　じゃあ、なんのために？」

「悪魔《あくま》を倒《たお》すためだ。」

照朝《てるあさ》は、空《そら》に浮《う》かぶガドの幻影《げんえい》を指差《ゆびさ》した。

「悪魔《あくま》を？　倒《たお》す？」

「ああ。悪魔《あくま》を、倒《たお》す。」

言葉《ことば》は通《つう》じてるはずだが、照朝《てるあさ》はもう一度《いちど》、ゆっくりと、力強《ちからづよ》くそう言《い》った。それは、村人《むらびと》に伝《つた》えるためだけでなく、自分自身《じぶんじしん》に言《い》い聞《き》かせるためでもあった。

「冗談《じょうだん》だろ？」

「いや、本気《ほんき》だ。クレーシャに行《い》きたいんだ。船《ふね》を貸《か》してくれないか？」

村人《むらびと》は黙《だま》って照朝《てるあさ》の目《め》をじっと見《み》つめていた。しばらくして、ふっと息《いき》をもらすと
「オーケー。」とつぶやいた。

「ありがとう。」

「いや、おまえと話《はな》しているとなんだか希望《きぼう》がわいてきたよ。少《すこ》し離《はな》れたところに孫《まご》が住《す》んでるんだ。いまさら会《あ》っても、と思《おも》ってたが、こんなときだからこそ、会《あ》っとかないと

な。」

村人《むらびと》はそう言《い》うと、写真《しゃしん》を見《み》せてくれた。かわいい笑顔《えがお》の女《おんな》の子《こ》が写《うつ》っている。

「会《あ》えるさ、これからも、何度《なんど》でも。」

照朝《てるあさ》はそう村人《むらびと》に告《つ》げた。

「そうあってほしいな。」

照朝《てるあさ》は、初《うい》と悠季《ゆうき》と合流《ごうりゅう》するために、来《き》た道《みち》を戻《もど》ろうと振《ふ》り返《かえ》った。するとそこにはよく知《し》る男《おとこ》が立《た》っていた。

「……黒田《くろだ》。」

「織田照朝《おだてるあさ》。少《すこ》し、話《はなし》をしないか。」

黒田《くろだ》はもう教団《きょうだん》を運営《うんえい》していたときのような丁寧《ていねい》な話《はな》し方《かた》はしなかった。返事《へんじ》を待《ま》たずに歩《ある》き出《だ》す黒田《くろだ》に、照朝《てるあさ》は黙《だま》ってついていった。

建物《たてもの》と呼《よ》ぶことすらためらわれるほどの廃墟《はいきょ》に黒田《くろだ》は入《はい》っていく。

「この国《くに》では二十年以上続《ねんいじょうつづ》いた内戦《ないせん》で、人口《じんこう》の半分《はんぶん》が死《し》んだ。」

黒田《くろだ》は独《ひと》り言《ごと》のようにそう語《かた》り出《だ》す。

「もちろん、子《こ》どももだ。」

深《ふか》く息《いき》を吸《す》い込《こ》み、哀《かな》しそうな目《め》で黒田《くろだ》は照朝《てるあさ》を見《み》つめた。

「俺《おれ》と蘭《らん》は、当時医療支援活動《とうじいりょうしえんかつどう》をしていた両親《りょうしん》と共《とも》に、この国最大《くにさいだい》の激戦《げきせん》に巻《ま》き込《こ》まれた。」

黒田《くろだ》はふと足元《あしもと》に視線《しせん》を落《お》とす。

「両親《りょうしん》はここで、俺《おれ》の目《め》の前《まえ》で殺《ころ》されたよ。」

黒田《くろだ》はそれをまるで昨日《きのう》の出来事《できごと》であるかのような表情《ひょうじょう》で言《い》った。

「この国《くに》の内戦《ないせん》には大義《たいぎ》なんてものはなかった。あるのはひとを支配《しはい》したいという欲望《よくぼう》だけ。」

黒田《くろだ》の言葉《ことば》に、照朝《てるあさ》は否定《ひてい》も肯定《こうてい》もできなかった。

「そのために隣人《りんじん》を疑《うたが》い、疑心暗鬼《ぎしんあんき》に陥《おちい》り殺《ころ》し合《あ》った。助《たす》かろうとするあまり他者《たしゃ》を蹴落《けお》とす者《もの》や、恐怖《きょうふ》に狂《くる》ってしまう者《もの》。そんな人間《にんげん》たちの中《なか》でなんの罪《つみ》もないひとたちがたくさん死《し》んだ。」

黒田《くろだ》の声《こえ》が震《ふる》えている。怒《いか》りに、哀《かな》しみに、その両方《りょうほう》かもしれないが、照朝《てるあさ》には判断《はんだん》がつかなかった。

「地獄《じごく》だよ。これが地獄《じごく》でなくてなんだというんだ。」

黒田《くろだ》は振《ふ》り返《かえ》って照朝《てるあさ》の目《め》をじっと見《み》つめた。

「目《め》の前《まえ》でひとがゴミクズのように殺《ころ》されていく中《なか》、俺《おれ》と蘭《らん》はただ耐《た》えて待《ま》つしかなかった。」

「そのときだ。」と黒田《くろだ》は続《つづ》ける。

「蘭《らん》に乗《の》り移《うつ》った悪魔《あくま》が『この世界《せかい》でおまえはなにを望《のぞ》む？』と俺《おれ》に聞《き》いてきたんだ。」

おそらくそのころからすでに強《つよ》い霊感《れいかん》が備《そな》わっていたのだろう。手《て》には悪魔《あくま》の鍵《かぎ》を握《にぎ》っていたという。悪魔《あくま》は鍵《かぎ》を九十九本集《ほんあつ》めれば望《のぞ》みをなんでも叶《かな》えてやると提案《ていあん》してきたらしい。

「だから俺《おれ》は、鍵《かぎ》を集《あつ》めることを誓《ちか》ったんだ。こんな世界《せかい》をとっとと終《お》わらせるために。」

紛争地域《ふんそうちいき》で人間《にんげん》の恐《おそ》ろしい部分《ぶぶん》を見《み》てきた黒田《くろだ》だからこその望《のぞ》みではあった。しかし、照朝《てるあさ》は首《くび》を横《よこ》に振《ふ》る。

「こんな世界《せかい》でも笑《わら》った顔《かお》を見《み》たい仲間《なかま》がいるんだ。」

照朝《てるあさ》は黒田《くろだ》の目《め》をじっと見《み》つめた。

「いまこのときだって世界中《せかいじゅう》で大切《たいせつ》なひとのために一生懸命《いっしょうけんめい》生きるひとたちの笑顔《えがお》を、俺《おれ》は信《しん》じたい。」

黒田《くろだ》はなにも答《こた》えない。

「だから俺《おれ》は、人間《にんげん》を諦《あきら》めない。」

「ガドにゲームを挑《いど》むのか？」

照朝《てるあさ》はうなずく。

「あいつは悪魔《あくま》だ。俺《おれ》は鍵《かぎ》を九十九本《ほん》集《あつ》めた代《か》わりに、人類《じんるい》を苦《くる》しませずに死《し》なせることを願《ねが》ったのに……。崩心《ほうしん》は……、ガドは『人類《じんるい》が絶滅《ぜつめつ》したらゲームをする者《もの》がいなくなる。』と、笑《わら》って俺《おれ》の願《ねが》いを撥《は》ね除《の》けやがった。」

「なおさら、そんなやつに負《ま》けられない。」

「だが、人間《にんげん》ごときが悪魔《あくま》に勝《か》てるわけがない！」

「そうかもしれない。……でも。」

「でも？」

「戦《たたか》うのをやめたら、それで終《お》わりだ。だから、俺《おれ》は戦《たたか》う。」

「死《し》ぬぞ。」

「俺《おれ》のことを信《しん》じてついてきてくれた仲間《なかま》の人生《じんせい》を背負《せお》ってるんだ。覚悟《かくご》はしている。」

「織田照朝《おだてるあさ》、おまえ……。」

「黒田《くろだ》。蘭《らん》さんが心配《しんぱい》してたぞ。もうすぐこの街《まち》に俺《おれ》の仲間《なかま》と来《く》るから、そばにいてやったらどうだ？」

「蘭《らん》……。」

それ以上《いじょう》、黒田《くろだ》は一言《ひとこと》も発《はっ》しなかった。

照朝《てるあさ》は黒田《くろだ》を置《お》いて廃墟《はいきょ》をあとにする。初《うい》と悠季《ゆうき》との集合場所《しゅうごうばしょ》を目指《めざ》す。


「いよいよだな。」

「終《お》わらせよう、この悪夢《あくむ》を。」

初《うい》と悠季《ゆうき》と共《とも》に船《ふね》を下《お》りた照朝《てるあさ》は、クレーシャ遺跡《いせき》の前《まえ》に立《た》っていた。

「時間《じかん》がない。」

腕時計《うでどけい》を見《み》た照朝《てるあさ》は、ガドの宣言《せんげん》した四十八時間《じかん》が残《のこ》り少《すく》なくなっていることに気《き》づいた。

「急《いそ》ごう。」

潜夜《せんや》たちとはまだ合流《ごうりゅう》できていないが、仕方《しかた》ない。元々《もともと》彼《かれ》らを巻《ま》き込《こ》むつもりはなかった照朝《てるあさ》は、クレーシャ遺跡《いせき》の中《なか》へと足《あし》を踏《ふ》み入《い》れた。

《待《ま》っていたぞ、織田照朝《おだてるあさ》。》

遺跡《いせき》の深奥部《しんおうぶ》にガドが待《ま》ち構《かま》えていた。

「あいつらを殺《ころ》せ、ガド！」

ガドの口《くち》から崩心《ほうしん》の声《こえ》だけがする。どうやら、意識《いしき》まで完全《かんぜん》に一体化《いったいか》したわけではないようだ。

「少《すこ》し黙《だま》っていろ、崩心《ほうしん》。いまここでこいつらを八《や》つ裂《ざ》きにしたところで、百本目《ぽんめ》の鍵《かぎ》がある限《かぎ》り最後《さいご》のゲームは避《さ》けられない。ならば、いまここでケリをつけるまでだ。」

これまでずっと隠《かく》してきた百本目《ぽんめ》の鍵《かぎ》の存在《そんざい》をガド自身《じしん》が認《みと》めた。つまり、照朝《てるあさ》たちに負《ま》けるつもりはないということだ。

《おまえはどうするのだ？》

ガドが照朝《てるあさ》たちの背後《はいご》を指差《ゆびさ》す。振《ふ》り返《かえ》ると、そこには黒田《くろだ》が立《た》っていた。

《行《い》き場《ば》がなくて帰《かえ》ってきたのか。》

「はい、私《わたし》は最後《さいご》まであなた様《さま》のおそばに。」

ガドと崩心《ほうしん》に裏切《うらぎ》られたと言《い》っていた黒田《くろだ》が戻《もど》ってきた。しかし、照朝《てるあさ》はそのことにも言《い》わなかった。

「照朝《てるあさ》くん、あれ！」

今度《こんど》は悠季《ゆうき》が、石板《せきばん》に埋《う》まった針《はり》のようなものを指差《ゆびさ》した。

《いかにも。これが百本目《ぽんめ》の悪魔《あくま》の鍵《かぎ》だ。さあ、手《て》に取《と》れ、織田照朝《おだてるあさ》。受《う》けてやろう。世《せ》界《かい》を賭《か》けた最後《さいご》のアクマゲームだ!!》

8 最後《さい》のゲーム

「出《で》てこい！　悪魔《あくま》。」

百本目《ぽんめ》の悪魔《あくま》の鍵《かぎ》を手《て》にした照朝《てるあさ》は、その鍵《かぎ》を地面《じめん》に挿《さ》して回《まわ》した。たちまち、遺跡全《いせきぜん》体《たい》が光《ひかり》に包《つつ》まれ閉鎖空間《へいさくうかん》になる。

「ゴゴゴ……。」と重々《おもおも》しい音《おと》をたて遺跡《いせき》の中央《ちゅうおう》の壁《かべ》が左右《さゆう》に開《ひら》かれていく。

「Ｈ《ホ》ｏ―Ｈ《ホ》ｏ―！　織田照朝《おだてるあさ》よ、よくここまで辿《たど》り着《つ》いたな。」

壁《かべ》の向《む》こうにいたのは、フクロウ頭《あたま》の悪魔《あくま》「コルジア」。

「プレイヤーは、織田照朝《おだてるあさ》とそこの鈍牛《どんぎゅう》か？」

コルジアは意地悪《いじわる》そうに首《くび》を回《まわ》して、ガドを見《み》つめた。

「閉鎖空間《へいさくうかん》から解《と》き放《はな》たれた我《われ》に嫉妬《しっと》しているのか？　この厚化粧《あつげしょう》のフクロウが。」

「お黙《だま》り！」

考《かんが》えてみれば、アクマゲームでは立会人《たちあいにん》の悪魔《あくま》は常《つね》に一体《たい》。一度《いちど》に二体以上《たいいじょう》の悪魔《あくま》が揃《そろ》うことなどなかった。

（悪魔同士《あくまどうし》が仲間《なかま》というわけでもないのか？）

照朝《てるあさ》はその推理《すいり》が正《ただ》しいか、コルジァに確認《かくにん》してみる。

「コルジァ、ガドが相手《あいて》でも公平《こうへい》なジャッジを期待《きたい》してもいいんだな？」

コルジァは再《ふたた》び首《くび》を回《まわ》して照朝《てるあさ》のほうを向《む》くと「Ｈｏ《ホ》―《ー》Ｈｏ《ホ》―《ー》。」とうなずいた。

「正直《しょうじき》、貴様《きさま》には勝《か》ってほしくはない。当然《とうぜん》だ。貴様《きさま》が勝《か》てば鍵《かぎ》が消滅《しょうめつ》し、我々《われわれ》も消《き》えてしまうからな。」

（当然《とうぜん》か。悪魔《あくま》にも生存本能《せいぞんほんのう》、いや、存在欲求《そんざいよっきゅう》のようなものはあるんだろうからな。）

圧倒的不利《あっとうてきふり》な戦《たたか》いになりそうだ、と照朝《てるあさ》は覚悟《かくご》を決《き》めた。しかし、続《つづ》くコルジァの発言《はつげん》はその予想《よそう》に反《はん》するものだった。

「しかし、悪魔《あくま》の鍵《かぎ》のルールは絶対《ぜったい》だ。このコルジァ様《さま》のプライドに懸《か》けて公平厳正《こうへいげんせい》、鈍《どん》牛《ぎゅう》と違《ちが》って品《ひん》のあるジャッジを約束《やくそく》しよう。」

「いちいち小《こ》うるさい鳥《とり》だ。」

ガドがふんと鼻《はな》を鳴《な》らす。

「その言葉《ことば》、忘《わす》れるなよ。」

照朝《てるあさ》が釘《くぎ》を刺《さ》すとコルジァは「Ｈｏ《ホ》ー《ー》Ｈｏ《ホ》ー《ー》。」と笑《わら》った。

「ガド、貴様《きさま》の要求《ようきゅう》は？」

《そうだな。織田照朝《おだてるあさ》たち三人《にん》の命《いのち》でもいただこうか。》

別《べつ》に欲《ほ》しくもないが、という言《い》い方《かた》だった。だが、確《たし》かに照朝《てるあさ》たちがいま賭《か》けられるものとしては「命《いのち》」しかない。

「Ｈｏ《ホ》ー《ー》Ｈｏ《ホ》ー《ー》、承知《しょうち》した。織田照朝《おだてるあさ》、貴様《きさま》は？」

「俺《おれ》が勝《か》ったらすべての鍵《かぎ》と『ジラーニエ』を破壊《はかい》してもらおう。」

「いいだろう。では、こちらへ。」

コルジァに言《い》われ照朝《てるあさ》たち三人《にん》は開《ひら》かれた壁《かべ》の向《む》こう側《がわ》へ進《すす》む。ガドと黒田《くろだ》は元《もと》の場所《ばしょ》に残《のこ》った。

「さあ、宣誓《せんせい》を。」

コルジアに促《うなが》され、まずは照朝《てるあさ》から。

「αγώνα《アゴナ》 για《ヤ》 την《ティン》 επιθυμία《エピシミア》」

ガドがそれを受《う》ける。

「νίκη《ニキ》 για《ヤ》 την《ティン》 επιθυμία《エピシミア》」

「Ορκίζομαι《オルキゾメ》 στον《ストン》 διάβολο《ディアボロ》」

ふたりで叫《さけ》ぶ。宣誓完了《せんせいかんりょう》だ。

「認識《にんしき》した。人類《じんるい》の存亡《そんぼう》を賭《か》けた最後《さいご》の戦《たたか》いにふさわしいゲームを用意《ようい》しよう。」

コルジアが翼《つばさ》を大《おお》きく広《ひろ》げた。

「人間《にんげん》の残酷《ざんこく》さ、弱《よわ》さ、そして欲望《よくぼう》が露《あらわ》になる、悪魔《あくま》が最《もっと》も愛《あい》したゲーム。それは……。」

一枚《まい》の紙切《かみき》れが舞《ま》い落《お》ちてくる。

【冥王剣闘士《ザ・グラディエーター》】

「ルールを説明《せつめい》する。ふたりのプレイヤーには五人《にん》のグラディエーターを率《ひき》いて戦《たたか》ってもらう。」

コルジアがルーレットを取《と》り出《だ》す。①から⑤までの数字《すうじ》が書《か》かれている。

「まずはこれで五人《にん》のグラディエーターが戦《たたか》う順番《じゅんばん》を決《き》める。」

コルジアがルーレットを回《まわ》す。

「順番《じゅんばん》を決《き》めたら『Κοντά《コンダ》』と宣言《せんげん》しろ。扉《とびら》が閉《し》まる。」

さきほどまで開《ひら》いていた中央《ちゅうおう》の壁《かべ》が、「ゴゴン！」と重々《おもおも》しい音《おと》をたてて閉《し》まった。その壁《かべ》と反対側《はんたいがわ》の部屋《へや》の奥《おく》に五本《ほん》の剣《けん》が現《あらわ》れる。それぞれに一個《こ》、二個《こ》、三個《こ》、四個《こ》、五個《こ》の宝石《ほうせき》が付《つ》いている。

「プレイヤーは戦《たたか》わせるグラディエーターに持《も》たせる剣《けん》を選《えら》び、『άνοιγμα《アニグマ》』と宣《せん》言《げん》し、両者《りょうしゃ》を決闘《けっとう》させろ。」

中央《ちゅうおう》の壁《かべ》が再《ふたた》び開《ひら》く。

「決闘《けっとう》は、剣《けん》に付《つ》いた宝石《ほうせき》の数《かず》が多《おお》いほうの勝《か》ちだ。そして、プレイヤーのどちらかが二勝《しょう》した時点《じてん》でゲーム終了《しゅうりょう》。ただし、特別《とくべつ》なケースがある。」

「特別《とくべつ》なケース？」

照朝《てるあさ》の質問《しつもん》に、コルジアは首《くび》だけ振《ふ》り返《かえ》って答《こた》える。

「宝石《ほうせき》が一個《こ》の剣《けん》は、五個《こ》の剣《けん》にのみに勝《か》つことができる。その場合《ばあい》は即《そく》ゲーム終了《しゅうりょう》だ。

【1】の剣《けん》を選《えら》んだプレイヤーがゲームの勝利者《しょうりしゃ》となる。」

コルジァは「質問《しつもん》はあるか？」と訊《き》いた。

「グラディエーターは誰《だれ》がやるんだ？」

コルジァは初《うい》と悠季《ゆうき》を見《み》つめた。

「グラディエーターはプレイヤーが自由《じゆう》に選《えら》べる。ただし、ここは特別《とくべつ》な閉鎖空間《へいさくうかん》だ。決《けっ》闘《とう》で負《ま》けたらグラディエーターは実際《じっさい》に死《し》ぬ。死《し》んでも構《かま》わない人間《にんげん》を選《えら》べ。」

コルジァの容赦《ようしゃ》ない追加《ついか》ルールに、照朝《てるあさ》は怒《いか》りの声《こえ》を上《あ》げた。

「ふざけるな！　死《し》んでいい人間《にんげん》なんかいるわけないだろ！」

すると《黙《だま》れ！》とガドが叫《さけ》んで、ステッキを地面《じめん》に叩《たた》きつけた。直後《ちょくご》、閉鎖空間《へいさくうかん》の中《なか》に潜夜《せんや》と紫《ゆかり》と蘭《らん》が現《あらわ》れた。

「てるりん⁉」

突然召喚《とつぜんしょうかん》されて戸惑《とまど》う潜夜《せんや》だったが、すぐに状況《じょうきょう》を理解《りかい》したようだ。

「兄《にい》さん⁉」

「蘭《らん》⁉」

黒田《くろだ》にとって妹《いもうと》の出現《しゅつげん》は想定外《そうていがい》だったようだ。激《はげ》しく動揺《どうよう》している。

《おまえたちは死《し》を覚悟《かくご》してきたのだろう？　望《のぞ》みどおりゲームの中《なか》で死《し》なせてやる。》

ガドが冷酷《れいこく》な笑《わら》い声《ごえ》を上《あ》げる。

「ガド様《さま》！　妹《いもうと》は関係《かんけい》ありません。代《か》わりに私《わたし》を好《す》きにお使《つか》いください！」

黒田《くろだ》はガドの足《あし》にしがみついて懇願《こんがん》した。

《黒田《くろだ》よ。おまえたちも元々《もともと》死《し》ぬつもりだったのだろう？　全人類《ぜんじんるい》を巻《ま》き添《ぞ》えにして。それとも妹《いもうと》だけ誰《だれ》もいない世界《せかい》に残《のこ》すつもりだったのか？》

「そ、それは……。」

黒田《くろだ》は言葉《ことば》を失《うしな》い、力《ちから》なく肩《かた》を落《お》とした。

「ガド、貴様《きさま》のグラディエーターはどうする？」

コルジァに問《と》われ、ガドはステッキの先《さき》を黒田《くろだ》に向《む》けた。

《お望《のぞ》みどおり、おまえを使《つか》ってやる。文句《もんく》はないな？》

黒田《くろだ》に拒否権《きょひけん》はない。

「まだ四人《にんた》足りない。」

コルジァが苛立《いらだ》ちまじりに言《い》った。

《残《のこ》りは、こいつらを呼《よ》び起《お》こす。》

ガドが再《ふた》び地面《じめん》にステッキを叩《たた》きつける。すると、地面《じめん》からぬうっとひとが現《あらわ》れた。ひとりはナポレオンのような軍服姿《ぐんぷくすがた》、ひとりは大剣《たいけん》を腰《こし》に携《たずさ》え、その隣《となり》は中華風《ちゅうかふう》の衣装《いしょう》を身《み》に纏《まと》い、最後《さいご》のひとりは鎧武者《よろいむしゃ》の格好《かっこう》をしていた。

時代《じだい》も場所《ばしょ》もバラバラな容姿《ようし》の人物《じんぶつ》。だが、みな仮面《かめん》を被《かぶ》り、目《め》だけが不気味《ぶきみ》に赤《あか》く光《ひか》っていた。

「彼《かれ》らは誰《だれ》だ？」

照朝《てるあさ》はガドに質問《しつもん》した。

《過去《かこ》にアクマゲームに参戦《さんせん》した歴戦《れきせん》の英霊《えいれい》たちだ。》

「エイレイ？」

紫《ゆかり》が首《くび》を傾《かし》げる。

「幽霊《ゆうれい》ってことだよ。」

おろちが説明《せつめい》すると紫《ゆかり》は「ひっ。」と短《みじか》い悲鳴《ひめい》を上《あ》げた。悪魔《あくま》がいるのだから、幽霊《ゆうれい》が出《で》てきてもおかしくはない。照朝《てるあさ》はこんなことでは驚《おどろ》かなくなっていた。ただ、英霊《えいれい》の参《さん》加《か》には異《い》を唱《とな》えた。

「英霊《えいれい》たちはすでに死《し》んでるんだろ？　こっちは生者《せいじゃ》が自《みずか》らの命《いのち》を賭《か》けて戦《たたか》うんだぞ。フェアじゃない！」

照朝《てるあさ》の抗議《こうぎ》をガドは鼻《はな》で笑《わら》った。

「ふん。我《われ》にとって生《い》きてようが死《し》んでようが人間《にんげん》の価値《かち》は変《か》わらん。等《ひと》しく『駒《こま》』でしかない。」

「なんだとっ！　こんなことが許《ゆる》されるのか、コルジア？」

話《はな》の通《つう》じないガドではなく、ゲームマスターであるコルジアに照朝《てるあさ》は抗議《こうぎ》の対象《たいしょう》を変《か》えた。

「グラディエーターは『賭《か》けの対象《たいしょう》』ではない。よって、双方《そうほう》が平等《びょうどう》である必要《ひつよう》もない。ゲームルールにあるのは『プレイヤーがグラディエーターを自由《じゆう》に選《えら》べる』ということだけだ。」

コルジアは淡々《たんたん》と答《こた》える。特《とく》にガドに有利《ゆうり》なジャッジをしているわけではない。単純《たんじゅん》に悪魔《あくま》は人間《にんげん》を取《と》るに足《た》らない存在《そんざい》と捉《とら》えているのだ。

「くそっ、悪魔《あくま》め。」

悔《く》しさをこぼすも、ゲームマスターがああ言《い》っている以上《いじょう》、この状況《じょうきょう》は覆《くつがえ》りそうにない。

「照朝《てるあさ》、これ以上《いじょう》の議論《ぎろん》は不毛《ふもう》だ。ゲームを始《はじ》めよう。」

初《うい》が照朝《てるあさ》の肩《かた》に手《て》を置《お》いて言《い》った。

「そうだよ、てるりん。アクマゲームはルール以外《いがい》、なんでもあり！ こんなの想定内《そうていない》っしょ！」

潜夜《せんや》が笑《わら》って言《い》った。この状況《じょうきょう》で冷静《れいせい》な初《うい》に、笑顔《えがお》になれる潜夜《せんや》。頼《たの》もしい仲間《なかま》だ。

（だからこそ、こんなゲームで死《し》なせるわけにはいかない！）

照朝《てるあさ》はそう強《つよ》く自分《じぶん》に言《い》い聞《き》かせた。

「さあ、これですべてが揃《そろ》ったな。では『冥王剣闘士《ザ・グラディエーター》』を始《はじ》める！」

コルジアが「Ｈｏ《ホ》ー《ー》Ｈｏ《ホ》ー《ー》！」と叫《さけ》び、ゲームが開始《かいし》された。

照朝《てるあさ》たちは闘技場《とうぎじょう》の中《なか》に入《はい》る。照朝《てるあさ》の前《まえ》にはルーレットがある。

「さあ、ファーストラウンドを始《はじ》める。プレイヤーはグラディエーターの順番《じゅんばん》を決《き》めろ。」

コルジァにそう促《うなが》されるも、照朝《てるあさ》はルーレットを回《まわ》すことができない。黙《だま》ってルーレットと仲間《なかま》たちを交互《こうご》に見《み》る時間《じかん》が続《つづ》く。

《おい、いつまで待《ま》たせる？》

開《ひら》いた扉《とびら》の向《む》こう側《がわ》からガドが苛立《いらだ》ちまじりに言《い》った。

《たかが人間《にんげん》の命《いのち》だろう。さっさと決《き》めろ。》

その発言《はつげん》に照朝《てるあさ》はカッとなる。しかし、ここで冷静《れいせい》さを失《うしな》ってはガドの思《おも》うツボだ。照《てる》朝《あさ》は大《おお》きく深呼吸《しんこきゅう》をした。

「おまえの言《い》う『たかが人間《にんげん》』が悪魔《あくま》を消滅《しょうめつ》させてやるよ。」

「やはりおまえは面白《おもしろ》いな、織田照朝《おだてるあさ》。」

ガドが愉快《ゆかい》そうに笑《わら》った。

「欲望《よくぼう》にのまれて鍵《かぎ》を集《あつ》めるやつは腐《くさ》るほど見《み》てきたが、欲望《よくぼう》から人間《にんげん》を救《すく》うために鍵《かぎ》を破壊《はかい》させようとするやつは、おまえが初《はじ》めてだ。」

ガドは「くくっ。」と愉快《ゆかい》そうに不愉快《ふゆかい》な笑《わら》い声《ごえ》を上《あ》げた。

「だからおまえには、この世《よ》に希望《きぼう》などないことを教《おし》えてやる。そのために我々悪魔《われわれあくま》が存《そん》在《ざい》するということもな。」

「さあ、織田照朝《おだてるあさ》よ、順番《じゅんばん》を決《き》めろ。」

ガドとのやりとりが終《お》わるとコルジァが急《せ》かしてきた。だが、照朝《てるあさ》の手《て》はルーレットに伸《の》びない。

「……できない。もし、決闘《けっとう》に負《ま》けたら、みんなが……。」

「じゃあ、僕《ぼく》がまーわそっと。」

「潜夜《せんや》!?」

「てるりん。負《ま》けると思《おも》って戦《たたか》うやつはいない。でしょ?」

照朝《てるあさ》が制止《せいし》する前《まえ》に潜夜《せんや》はルーレットを回《まわ》してしまっていた。

「よっしゃ! トップバッターだ。」

すると、初《うい》たちも潜夜《せんや》に続《つづ》いてルーレットを回《まわ》す。

「初《うい》、みんな……。」

「すまない、照朝《てるあさ》。悩《なや》ませてしまったな。最初《さいしょ》からこうしておけばよかった。」

結果《けっか》、初《うい》が二番手《ばんて》。そのあと悠季《ゆうき》、蘭《らん》、紫《ゆかり》の順番《じゅんばん》に。どうやらこのルーレットは、順番《じゅんばん》を決《き》めるため用《よう》にできているらしく、同《おな》じ番号《ばんごう》に二度《どど》止まることはなかった。

向《む》こうは鎧武者《よろいむしゃ》の男《おとこ》が一番手《ばんて》。中華風女性《ちゅうかふうじょせい》が二番手《ばんて》。四番手《ばんて》は大剣《たいけん》の男《おとこ》で五番手《ばんて》は軍服《ぐんぷく》。黒田《くろだ》は三番手《ばんて》に決《き》まったようだった。

「**Κονταά**《コンダ》」

《**Κονταά**《コンダ》》

照朝《てるあさ》とガドが叫《さけ》ぶと、中央《ちゅうおう》の扉《とびら》が重厚《じゅうこう》な音《おと》をたてて閉《し》まった。見上《みあ》げるような壁《かべ》がそびえ、声《こえ》も聞《き》こえない。完全《かんぜん》に向《む》こう側《がわ》の様子《ようす》はわからなくなってしまった。相手《あいて》がどの剣《けん》を選《えら》んだかを読《よ》み合《あ》うのがこのゲームの「肝《きも》」となりそうだった。

「さあ、てるりん。いっちょ先制攻撃《せんせいこうげき》かましてやろうよ。」

潜夜《せんや》が腕《うで》をぶんぶんと回《まわ》している。

「ああ、そうだな。」

潜夜《せんや》の前向《まえむ》きな態度《たいど》に照朝《てるあさ》も心《こころ》を決《き》めた。

「まずこのゲームのポイントは、宝石《ほうせき》が五個付《こつ》いている最強《さいきょう》の【5】の剣《けん》と、宝石《ほうせき》が一個《こ》の【1】の剣《けん》の使《つか》い方《かた》にかかっている。できるだけ【5】の剣《けん》を温存《おんぞん》して、向《む》こうに【1】の剣《けん》を使《つか》わせることができれば勝機《しょうき》を見出《みいだ》せる。」

初《うい》と悠季《ゆうき》もうなずく。同《おな》じことを考《かんが》えていたようだ。

「どういうこと？」

紫《ゆかり》はまだ理解《りかい》が追《お》いついていない。

「解説《かいせつ》してあげる！」

紫《ゆかり》のスマホからおろちの声《こえ》がする。

「もし、【1】の剣《けん》を出《だ》して【5】の剣《けん》に勝《か》つことができれば即《そく》ゲーム終了《しゅうりょう》で勝《か》ちになるけど、向《む》こうが【5】以外《いがい》の剣《けん》を出《だ》してきたらほとんどの場合《ばあい》、一勝《しょう》されちゃうよね。」

「うん、それはわかった。」

「つまり、【1】の剣《けん》は、文字《もじ》どおり『諸刃《もろは》の剣《つるぎ》』ってわけだよ。」

「【1】はハイリスク、ハイリターンってわけね。」

紫《ゆかり》も理解《りかい》したようだ。

「ただそれは【5】の剣《けん》にも言《い》える。最強《さいきょう》でありながら、相手《あいて》に【1】を出《だ》されたらその時点《じてん》でゲームオーバーだ。使《つか》い所《どころ》を慎重《しんちょう》に考《かんが》えないと。」

照朝《てるあさ》が補足《ほそく》をする。

「しかも、相手《あいて》は悪魔《あくま》だ。簡単《かんたん》に思惑《おもわく》を読《よ》めないうえに俺《おれ》たちがまだ知《し》らないチカラを隠《かく》し持《も》っているかもしれない。」

初《うい》も慎重《しんちょう》になっている。

「てるりん、早《はや》く剣《けん》を選《えら》んでよ。」

ただひとり潜夜《せんや》だけが、いつもの「ノリ」だ。

「……わかった。これで勝《か》ってくれ。」

しばし考《かんが》えて、照朝《てるあさ》は【4】の剣《けん》を潜夜《せんや》に手渡《てわた》した。

「オッケー。勝《か》ってくるよん♪」

「さあ、剣《けん》を選《えら》んだのなら扉《とびら》を開《あ》けるのだ。」

コルジアに言《い》われ、照朝《てるあさ》とガドは「ἀνοιγμα《アニグマ》」と叫《さけ》んだ。扉《とびら》が開《ひら》く。向《む》こう側《がわ》には鎧武者《よろいむしゃ》の男《おとこ》。これが単《たん》なる剣《けん》による決闘《けっとう》であったら潜夜《せんや》にまったく勝《か》ち目《め》がなさそうだ。

(だが、これはアクマゲームだ。)

「互《たが》いに剣《けん》を掲《かか》げよ。」

コルジァの合図《あいず》で双方《そうほう》が持《も》っている剣《けん》を見《み》せ合《あ》う。

鎧《よろい》武者《むしゃ》の男《おとこ》の手《て》にあるのは【2】の剣《けん》。

「四対《たい》二!」

悠季《ゆうき》が叫《さけ》ぶ。

「判定《はんてい》。ファーストラウンドは織田照朝《おだてるあさ》の勝利《しょうり》!」

コルジァが宣言《せんげん》をする。同時《どうじ》に潜夜《せんや》が【4】の剣《けん》を振《ふ》るうと、斬《き》られた鎧《よろい》武者《むしゃ》の男《おとこ》は消《き》えてしまった。

「まずは一勝《しょう》!」

初《うい》が拳《こぶし》をにぎりガッツポーズ。一方《いっぽう》で照朝《てるあさ》は潜夜《せんや》が負《ま》けなかったことに、ほっと安堵《あんど》のため息《いき》をついていた。

《ふふ。すべては我《われ》の読《よ》みどおりだ。》

ガドが不敵《ふてき》に笑《わら》った。

「なに⁉」
《織田照朝《おだてるあさ》。おまえは仲間《なかま》を死《し》なせたくない一心《いっしん》から一発《いっぱつ》で負《ま》ける恐《おそ》れのある【5】の剣《けん》は使《つか》えない。だが、下手《へた》な数字《すうじ》を出《だ》しても負《ま》けてしまう。よって【4】の剣《けん》を出《だ》すしかない。》
照朝《てるあさ》の心《こころ》を読《よ》んだかのようなガドの発言《はつげん》に、言葉《ことば》が出《で》ない。
《それがわかっていたから、我《われ》はいちばん使《つか》い勝手《がって》の悪《わる》い【2】の剣《けん》を最初《さいしょ》に使《つか》ったままだ。》
ガドはこの一敗《ぱい》も予定《よてい》どおりという顔《かお》だ。
《おまえの弱点《じゃくてん》はその『情《じょう》』だ。それを捨《す》てない限《かぎ》り、おまえの考《かんが》えることは手《て》に取《と》るように読《よ》めるぞ。》
照朝《てるあさ》が言《い》い返《かえ》そうとすると、コルジアが「セカンドラウンド」の開始《かいし》を宣言《せんげん》した。
《壁《かべ》が閉《と》じる前《まえ》にグラディエーターを出《だ》してもいいか？》
突如《とつじょ》、ガドが質問《しつもん》した。
「Ｈｏ《ホ》ー《ー》Ｈｏ《ホ》ー《ー》、別《べつ》に構《かま》わんが。」

コルジァの回答《かいとう》を受《う》けてガドは二番手《ばんて》の中華風女性《ちゅうかふうじょせい》の英霊《えいれい》に【5】の剣《けん》を持《も》たせた。

「え!? なにを？」

その意味不明《いみふめい》な行為《こうい》に悠季《ゆうき》が驚《おどろ》きの声《こえ》を上《あ》げる。

《どうだ、織田照朝《おだてるあさ》。次《つぎ》はお互《たが》い最強《さいきょう》の【5】の剣《けん》を使《つか》って引《ひ》き分《わ》けにしないか？》

ガドの口《くち》から発《はっ》せられていたが、崩心《ほうしん》の声《こえ》のほうが大《おお》きかった。もしかしたらこれは崩《ほう》心《しん》が考《かんが》えた作戦《さくせん》なのかもしれない。

《我々《われわれ》を信《しん》じられないなら【1】の剣《けん》を出《だ》してもいいがな。》

心理戦《しんりせん》を挑《いど》んできたのだ。「じゃんけん」で手《て》を出《だ》すまえに「グー」を出《だ》すと宣言《せんげん》して相手《あいて》を惑《まど》わせるように、最初《さいしょ》に剣《けん》を見《み》せて動揺《どうよう》を誘《さそ》っている。

《Κοντά《コンダ》》

ガドが叫《さけ》ぶと、中央《ちゅうおう》の扉《とびら》が閉《し》まる。

「次《つぎ》は俺《おれ》の番《ばん》だ。どうする、照朝《てるあさ》？」

初《うい》がどの剣《けん》を持《も》つべきか照朝《てるあさ》に判断《はんだん》を求《もと》める。

「初《うい》、さきほど見《み》せてきた相手《あいて》の【5】の剣《けん》。あれ、本物《ほんもの》だと思《おも》うか？」

「いや、あのガドと崩心《ほうしん》のことだ。馬鹿正直《ばかしょうじき》にそんなことはしてこないだろう。」

「ああ、俺《おれ》もそう思《おも》う。あの【5】の剣《けん》は、なんらかのチカラで偽装《ぎそう》してるとみて間違《まちが》いないだろう。」

「でも、そこまではわかってても、こっちはもう【4】を使《つか》っちゃってるんだよ。最強《さいきょう》の【5】を出《だ》しても向《む》こうが【1】だったら、即《そく》ゲームオーバー。」

悠季《ゆうき》が自身《じしん》の「読《よ》み」を説明《せつめい》する。

「そうだね～。【5】がブラフだとすると、相手《あいて》が出《だ》すのは【4】か【3】か【1】。となると【2】が最適解《さいてきかい》かな。ガドちんが【1】ならこっちの勝利確定《しょうりかくてい》だし、【4】か【3】でも最弱《さいじゃく》の【2】をここで消費《しょうひ》することができる。ギャンブラーの僕《ぼく》ならそうするけど……。」

潜夜《せんや》はそこまで言《い》うと、ちらりと照朝《てるあさ》と初《うい》のほうを見《み》た。

「ここでの一敗《ぱい》も覚悟《かくご》しての勝負《しょうぶ》をてるりん、できる？」

潜夜《せんや》の問《と》いに照朝《てるあさ》は言葉《ことば》を失《うしな》った。親友《しんゆう》の初《うい》の生死《せいし》が懸《か》かっている勝負《しょうぶ》で、そんな危《あぶ》ない橋《はし》をわたりたくはなかった。悩《なや》む照朝《てるあさ》を見《み》て、初《うい》が口《くち》を開《ひら》く。

「ガドと崩心《ほうしん》はそこまで読《よ》んでるかもしれないな。照朝《てるあさ》は俺《おれ》を犠牲《ぎせい》にはできないことを。【2】を出《だ》せない照朝《てるあさ》に【5】を出《だ》せば確実《かくじつ》に勝利《しょうり》できる。」

「つまり、さっき見《み》せた【5】の剣《けん》はブラフじゃなくて、本物《ほんもの》だったってこと？」

紫《ゆかり》の疑問《ぎもん》に「たぶんな。」と初《うい》が答《こた》える。そのときだった。ひとりずっと壁《かべ》のそばに立《た》っていた蘭《らん》が、照朝《てるあさ》たちの輪《わ》の中《なか》に入《はい》ってきた。

「みなさん、ちょっといいですか？」

照朝《てるあさ》たちに小声《こごえ》で告《つ》げる蘭《らん》。

「それは、本当《ほんとう》か!?」

蘭《らん》は黙《だま》ってうなずく。

「それならガドに勝《か》つことができる。ただ、その作戦《さくせん》は俺《おれ》には……。」

照朝《てるあさ》は唇《くちびる》を噛《か》んだ。勝利《しょうり》の光《ひかり》は見《み》えたが、そのためには大《おお》きな犠牲《ぎせい》が必要《ひつよう》だった。

「照朝《てるあさ》、俺《おれ》も気《き》づいたよ。その手《て》でいこう。」

「初《うい》!?」

「モグチョコを一個《こ》くれ。」

初《うい》は渋《しぶ》る照朝《てるあさ》のポケットからモグチョコを強引《ごういん》に奪《うば》い取《と》ると、照朝《てるあさ》が考《かんが》えていたとおりの行動《こうどう》をとった。

《おい、織田照朝《おだてるあさ》。そろそろ扉《とびら》を開《あ》けろ！》

壁《かべ》の向《む》こうからガドの声《こえ》がする。しかし、照朝《てるあさ》はまだ迷《まよ》っていた。この作戦《さくせん》を実行《じっこう》することの意味《いみ》を、その結末《けつまつ》を知《し》っているから。

「開《あ》けろ。」

扉《とびら》の前《まえ》で剣《けん》を握《にぎ》った初《うい》が言《い》った。それでも照朝《てるあさ》は宣言《せんげん》ができない。

「照朝《てるあさ》！　開《あ》けろ！」

初《うい》は叫《さけ》んだ。照朝《てるあさ》は悩《なや》みに悩《なや》んだ末《すえ》に、初《うい》の覚悟《かくご》に応《こた》える決断《けつだん》をした。

「ἀνοιγμα《アニグマ》」

精一杯《せいいっぱい》振《ふ》り絞《しぼ》って出《だ》した声《こえ》だった。扉《とびら》がゴゴゴと開《ひら》く。

向《む》こうには中華風女性《ちゅうかふうじょせい》の英霊《えいれい》。手《て》には【5】の剣《けん》を持《も》ったままだ。ブラフではなかったのか、その真偽《しんぎ》が気《き》になる。

一方《いっぽう》の初《うい》の手《て》には【1】の剣《けん》。「五対《たい》一」。宝石《ほうせき》の数《かず》では負《ま》けているが、【1】は唯一《ゆいいつ》

【5】に勝《か》てる剣《けん》だ。

「Ｈｏ《ホ》ー《ー》Ｈｏ《ホ》ー《ー》、ガドの勝利《しょうり》。」

だが、コルジァの翼《つばさ》はガドのほうに上《あ》がっていた。

《ククク……。はっはっはっ！》

ガドが堪《こら》えきれずに笑《わら》い出《だ》した。

「残念《ざんねん》だったな。」

ガドがステッキを振《ふ》るうと、【5】の剣《けん》の宝石《ほうせき》が五個《こ》から三個《こ》に変《か》わった。

「我《わ》が悪魔《あくま》のチカラ『表面偽造《テクスチャー・フォージェリー》』だ。」

【1】の剣《けん》では【3】の剣《けん》には勝《か》てない。英霊《えいれい》が剣《けん》を振《ふ》り上《あ》げる。

《さあ、絶望《ぜつぼう》のショータイムだ！》

照朝《てるあさ》は慌《あわ》てて初《うい》を助《たす》けようと駆《か》け出《だ》した。

「来《く》るな！　照朝《てるあさ》！」

初《うい》が叫《さけ》んだ。

「これは戦《いくさ》だ。情《じょう》に流《なが》されたら負《ま》ける。みんなも勝《か》つことだけを考《かんが》えろ。」

「初《うい》……。」

「俺《おれ》だってみんなと別《わか》れるのはつらいよ。けど、俺《おれ》たちの後《うし》ろにはなんの罪《つみ》もない大勢《おおぜい》のひとたちの命《いのち》があるんだ。それを救《すく》えると思《おも》えば、むしろ誇《ほこ》らしいくらいだ。」

「初《うい》くん！」

「悠季《ゆうき》。俺《おれ》は、照朝《てるあさ》と悠季《ゆうき》、ふたりに生《い》きてほしい。」

初《うい》はそこでにこりと微笑《ほほえ》んだ。

「みんな、あとは頼《たの》んだ。」

直後《ちょくご》、英霊《えいれい》の剣《けん》が初《うい》を貫《つらぬ》いた。初《うい》の手《て》から剣《けん》が離《はな》れ、床《ゆか》に落《お》ちる。

「初《うい》ぃ―――!!」

その場《ば》に倒《たお》れる初《うい》。少《すこ》しずつその姿《すがた》が消《き》えていく。

「あああ、初《うい》……。」

照朝《てるあさ》は膝《ひざ》から崩《くず》れ落《お》ちた。だが、必死《ひっし》に涙《なみだ》は堪《こら》えた。「あとは頼《たの》んだ。」と初《うい》に言《い》われたのだ。そうだ。まだ、ゲームは終《お》わっていない。

《すでに決着《けっちゃく》はついたな。宝石《ほうせき》の数《かず》を見《み》ろ。おまえたちは【2】【3】【5】。一方我々《いっぽうわれわれ》は

【1】【4】【5】。サードラウンドで【5】を出《だ》せば悪《わる》くて引《ひ》き分《わ》け。それでも次《つぎ》に【4】を出《だ》せば確実《かくじつ》に勝《か》てる。その瞬間《しゅんかん》、世界《せかい》は地獄《じごく》と化《か》す。》

ジラーニエのカウントダウンが無情《むじょう》に時《とき》を刻《きざ》んでいる。

《助《たす》かろうとするあまり他者《たしゃ》を蹴落《けお》とす者《もの》や、恐怖《きょうふ》のあまり狂《くる》い、殺《ころ》し合《あ》いを始《はじ》める者《もの》どもで世界《せかい》は醜《みにく》い欲望《よくぼう》に埋《う》め尽《つ》くされる！》

ガドは歓喜《かんき》するように叫《さけ》んだ。

《それを見《み》れば、おまえも人類《じんるい》の愚《おろ》かさに気《き》づき、鍵《かぎ》を破壊《はかい》しようなどとしたことを後悔《こうかい》するだろう。》

「ガド!!　人間《にんげん》を舐《な》めるな。」

照朝《てるあさ》は、ガドをにらみつけた。

「どんなに世界《せかい》が混乱《こんらん》しても、死《し》ななくていいひとが死《し》んでいくのを止《と》めたい。弱《よわ》いというだけで殺《ころ》されるのが仕方《しかた》ないという世界《せかい》をなくしたい。命《いのち》を救《すく》いたい。その想《おも》いが醜《みにく》い欲望《よくぼう》に勝《か》つと俺《おれ》は信《しん》じているから俺《おれ》たちは戦《たたか》っている。」

《がはははっ！　いまのは負《ま》け犬《いぬ》の遠吠《とおぼ》えか？　脆《もろ》くて愚《おろ》かな人間《にんげん》ごときが世界《せかい》を救《すく》え

るはずなどないっ！》

「それではサードラウンドを始《はじ》める。」

コルジァの宣言《せんげん》で再《ふたた》び扉《とびら》が閉《し》まる。次《つぎ》のグラディエーターは悠季《ゆうき》だ。

「悠季《ゆうき》……。」

「怖《こわ》くないよ、照朝《てるあさ》くん。初《うい》くんのためにも全力《ぜんりょく》で戦《たたか》う。」

悠季《ゆうき》の瞳《ひとみ》に諦《あきら》めの色《いろ》はなかった。

「ἀνοιγμα《アニグマ》」

双方《そうほう》の準備《じゅんび》が完了《かんりょう》し、扉《とびら》が開《ひら》く。

扉《とびら》の向《む》こうには黒田《くろだ》が立《た》っている。当然《とうぜん》その手《て》には【5】の剣《けん》を持《も》っている。

《ぶははは。我《われ》について正解《せいかい》だったな、黒田《くろだ》。》

ガドはすでに勝利《しょうり》を確信《かくしん》しているのか、こちらを見《み》てもいない。愉快《ゆかい》そうに高笑《たかわら》いをしている。

「判定《はんてい》。織田照朝《おだてるあさ》の勝《か》ちだ！」

しかし、コルジァの翼《つばさ》は照朝《てるあさ》のほうを向《む》いている。

《なっ⁉　なに？》

ガドが慌《あわ》てて悠季《ゆうき》の持《も》つ剣《けん》に視線《しせん》を移《うつ》す。

《【1】の剣《けん》だと⁉　なぜだ？　【1】の剣《けん》はすでに使《つか》ったはずだ！》

「これを見《み》てみろ。」

照朝《てるあさ》は初《うい》が落《お》とした剣《けん》を拾《ひろ》ってガドに見《み》せる。

《斉藤初《さいとううい》が使《つか》った【1】の剣《けん》か……、まさか⁉》

「ああ、そのまさかだ。」

照朝《てるあさ》は、初《うい》が持《も》っていた剣《けん》の宝石部分《ほうせきぶぶん》を手《て》でこすった。すると、そこからもうひとつの宝石《ほうせき》が現《あらわ》れる。

「モグチョコで宝石《ほうせき》をひとつ隠《かく》しておいたんだ。おまえたちにこれを【1】の剣《けん》だと思《おも》わせるためにな。」

きっかけは蘭《らん》の一言《ひとこと》だった。

――兄《あに》からメッセージを受《う》け取《と》りました。

蘭《らん》がずっと壁際《かべぎわ》に立《た》っていたのは、壁《かべ》の向《む》こうの兄《あに》の心《こころ》を読《よ》むためだったのだ。

——ガドは悪魔《あくま》のチカラ『表面偽造《テクスチャー・フォージエリー》』で宝石《ほうせき》の数《かず》を偽装《ぎそう》しているそうです。

黒田《くろだ》はこちらの、いや、妹《いもうと》の味方《みかた》だった。ガド側《がわ》について向《む》こうの情報《じょうほう》を蘭《らん》に伝《つた》えてくれたのだ。

照朝《てるあさ》はこの情報《じょうほう》で逆《ぎゃく》にガドたちの裏《うら》をかく方法《ほうほう》を思《おも》いついた。しかし、それは「初《うい》の敗北《ぼく》」が必須条件《ひっすじょうけん》だった。そして、それは初《うい》の死《し》の確定《かくてい》でもある。

照朝《てるあさ》はこの作戦《さくせん》の実行《じっこう》をためらった。しかし、初本人《ういほんにん》は、そして仲間《なかま》がそれを許《ゆる》さなかった。

——照朝《てるあさ》、俺《おれ》も気《き》づいたよ。その手《て》でいこう。

初《うい》はすぐさま行動《こうどう》に移《うつ》そうとした。

——モグチョコを一個《こ》くれ。

——そうか。モグチョコで宝石《ほうせき》を隠《かく》して【2】の剣《けん》を【1】の剣《けん》に見《み》せかければ、ガドは安心《あんしん》してその次《つぎ》のラウンドで【5】を出《だ》してくる。そのときにこちらは本物《ほんもの》の【1】の剣《けん》で迎《むか》え撃《う》てば勝利確定《しょうりかくてい》だね。

理解《りかい》が追《お》いついていない紫《ゆかり》におろちが説明《せつめい》をする。

――絶対《ぜったい》にダメだ！
照朝《てるあさ》は反対《はんたい》した。
――そうだよ。そんなことしたら初《うい》くんが……。
悠季《ゆうき》もすぐにこの作戦《さくせん》の犠牲《ぎせい》に気《き》づいて反対《はんたい》した。
――これはもう俺《おれ》の命《いのち》の問題《もんだい》だけじゃないんだよ。
初《うい》は、きっぱりと言《い》い放《はな》った。
――でも！
悠季《ゆうき》が食《く》い下《さ》がる。
――俺《おれ》たちは世界中《せかいじゅう》のひとたちの命《いのち》を背負《せお》ってる。
――僕《ぼく》も、ういういの言《い》うとおりだと思《おも》う。
潜夜《せんや》は初《うい》の行動《こうどう》に賛同《さんどう》した。
――てるりん、この責任《せきにん》を放棄《ほうき》するのはさすがに無責任《むせきにん》すぎない？
それは潜夜《せんや》と最初《さいしょ》にアクマゲームで戦《たたか》ったときの照朝《てるあさ》の発言《はつげん》だった。返《かえ》す言葉《ことば》がない。
――背負《せお》うんだよ、責任《せきにん》も罪《つみ》も、僕《ぼく》らでさ。

潜夜《せんや》の説得《せっとく》に、みなが覚悟《かくご》を決《き》める。

――照朝《てるあさ》。必《かなら》ずガドを倒《たお》してくれ。

そう言《い》って初《うい》は優《やさ》しく微笑《ほほえ》んだ。

《織田照朝《おだてるあさ》、おまえ、勝《か》つために親友《しんゆう》を見殺《みごろ》しにしたのか？》

ガドが見下《みくだ》すように照朝《てるあさ》を指差《ゆびさ》した。

《つくづく人間《にんげん》は脆《もろ》くて愚《おろ》かな生《い》き物《もの》だな。》

「おまえもな、ガド。」

照朝《てるあさ》はガドに指《ゆび》を差《さ》し返《かえ》す。

《ああ⁉》

「気《き》づいてないのか？　完全《かんぜん》な悪魔《あくま》ならこんな単純《たんじゅん》なトリックにひっかからなかったかもしれない。けど、いまのおまえはこの世《よ》に降臨《こうりん》するために崩心《ほうしん》の肉体《にくたい》を取《と》り込《こ》んだ。いわば半分人間《はんぶんにんげん》だ。皮肉《ひにく》だな。おまえの言《い》うとおり人間《にんげん》は脆《もろ》くて愚《おろ》かだよ。だからそうやって無様《ぶざま》に騙《だま》されるんだ。」

「下等《かとう》な人間《にんげん》ごときがよくもこの我《われ》に‼」

ガドが吠《ほ》えた。部屋《へや》が、いや、閉鎖空間自体《へいさくうかんじたい》が震《ふる》えるほどの咆哮《ほうこう》だった。しかし、照朝《てるあさ》はひるまない。

「人間《にんげん》は脆《もろ》くて愚《おろ》かだからこそ強《つよ》くなれるんだ。命《いのち》を燃《も》やして限《かぎ》られた人生《じんせい》を必死《ひっし》に生《い》きられるんだ！」

一方《いっぽう》、悠季《ゆうき》は剣《けん》を握《にぎ》ったまま動《うご》けなかった。

「黒田《くろだ》さん。あなたを殺《ころ》したくないです。」

黒田《くろだ》はそんな悠季《ゆうき》をやさしく見《み》つめ返《かえ》してくる。

「どうしてわたしたちに教《おし》えてくれたんですか？」

「あいつに、織田照朝《おだてるあさ》に賭《か》けてみたくなったんだ。」

黒田《くろだ》は視線《しせん》を照朝《てるあさ》に移《うつ》す。

「これも俺《おれ》の欲望《よくぼう》かもな。『希望《きぼう》』っていう俺《おれ》が一度《ど》捨《す》ててしまった欲望《よくぼう》……。」

「兄《にい》さん……。」

蘭《らん》の目《め》からはすでに涙《なみだ》があふれていた。

「俺《おれ》が間違《まちが》ってたよ。おまえは生《い》きてくれ、蘭《らん》。」

そう告《つ》げると、黒田《くろだ》は両手《りょうて》を大《おお》きく広《ひろ》げた。すでに剣《けん》も持《も》ってはいない。

「眞鍋悠季《まなべゆうき》、大丈夫《だいじょうぶ》だ。」

それが「斬《き》れ」という意味《いみ》であることはわかっても、悠季《ゆうき》は動《うご》けない。

「早《はや》く！『ジラーニエ』はまだ止《と》まっていない。世界《せかい》が終《お》わるぞ！」

「で、でも……。」

「悠季《ゆうき》さん！　ためらわないで！」

叫《さけ》んだのは蘭《らん》だった。誰《だれ》よりも兄《あに》を救《すく》いたいであろう蘭《らん》の覚悟《かくご》の言葉《ことば》に悠季《ゆうき》も心《こころ》を決《き》めたようだった。

「わたしも罪《つみ》を背負《せお》います！」

悠季《ゆうき》が持《も》っていた剣《けん》で、黒田《くろだ》の胸《むね》を貫《つらぬ》いた。黒田《くろだ》がその場《ば》に倒《たお》れ、消《き》えていく。

《なかなかやるじゃないか。すっかり騙《だま》されたぞ。》

ガドが毛《け》むくじゃらの手《て》で拍手《はくしゅ》をしている。

《だが、残念《ざんねん》だったな。我《われ》がここで時《とき》を戻《もど》し、おまえたちのイカサマを見破《みやぶ》ってくれる。》

やはり、崩心《ほうしん》の時間《じかん》を逆再生《ぎゃくさいせい》するチカラはガドと一体化《いったいか》しても使《つか》えるようだった。

「チートのやつか！」

潜夜《せんや》が悔《くや》しそうに叫《さけ》ぶ。

「ここまでか……。」

崩心《ほうしん》の能力《のうりょく》はいちばん恐《おそ》れていたことだった。ゲームの結果《けっか》を一瞬《いっしゅん》でひっくり返《かえ》してしまう反則級《はんそくきゅう》のチカラ。照朝《てるあさ》もなす術《すべ》を失《うしな》い、肩《かた》を落《お》とした。

しかし、その瞬間《しゅんかん》、照朝《てるあさ》の腕時計《うでどけい》が光《ひか》り始《はじ》める。

「な、なんだ⁉」

「照朝《てるあさ》。」

その懐《なつ》かしい声《こえ》に思《おも》わず振《ふ》り返《かえ》ると、そこには死《し》んだはずの父《ちち》、清司《せいじ》が立《た》っていた。

「父《とう》さん、どうして？」

もしかしたらこれもガドの能力《のうりょく》「表面偽造《テクスチャー・フォージェリー》」かもしれない。照朝《てるあさ》は身構《みがま》える。

「閉鎖空間《へいさくうかん》は、現実世界《げんじつせかい》と違《ちが》う理《ことわり》で動《うご》いている。さきほど英霊《えいれい》たちも蘇《よみがえ》っていただろう？　私《わたし》はおまえに渡《わた》したその腕時計《うでどけい》を道標《みちしるべ》に死《し》の世界《せかい》から会《あ》いに来《き》たんだ。」

「じゃあ、本物《ほんもの》の父《とう》さん⁉」

清司《せいじ》はこくりとうなずいた。

「照朝《てるあさ》。なにを恐《おそ》れている？　おまえには目的《もくてき》を成《な》し遂《と》げる勇気《ゆうき》と力《ちから》がある。それは私《わたし》が誰《だれ》よりもよく知《し》っている。」

「でも、崩心《ほうしん》の悪魔《あくま》のチカラは無敵《むてき》だ。」

「無敵《むてき》？」

「時間《じかん》を戻《もど》せるんだ。誰《だれ》にも打《う》ち破《やぶ》ることはできない。」

「なぜそう決《き》めつける？」

「え？」

清司《せいじ》の言《い》っていることがすぐには理解《りかい》できない。

「照朝《てるあさ》、悪魔《あくま》のチカラの正体《しょうたい》を知《し》っているか？」

「正体《しょうたい》？」

「それは『認知《にんち》』だ。」

「認知《にんち》？」

「人間《にんげん》は十万年前《まんねんまえ》にいまの姿《すがた》になった。だが進化《しんか》はまだ不十分《ふじゅうぶん》だった。人間《にんげん》を人間《にんげん》たらしめたもの。それは『認知《にんち》の力《ちから》』。架空《かくう》の出来事《できごと》がもし本当《ほんとう》に起《お》こったらと考《かんが》え、未来《みらい》を想像《そうぞう》する力《ちから》。その認知《にんち》の革命《かくめい》が約《やく》三万年前《まんねんまえ》に人類《じんるい》に起《お》きたんだ。」

清司《せいじ》の話《はなし》は難《むずか》しかったが、懐《なつ》かしかった。照朝《てるあさ》が幼《おさな》いころから、清司《せいじ》は決《けっ》して「子《こ》ども相手《あいて》」な話《はな》し方《かた》をしなかった。常《つね》に対等《たいとう》な存在《そんざい》として照朝《てるあさ》をあつかってくれた。だから、照朝《てるあさ》には清司《せいじ》の説明《せつめい》がすぐに理解《りかい》できた。

「神《かみ》と悪魔《あくま》がこの世《よ》に生《う》まれたのもちょうどそのころだ。わかるか？　神《かみ》も悪魔《あくま》も、悪魔《あくま》の鍵《かぎ》もアクマゲームも、そして悪魔《あくま》のチカラも根源《こんげん》は同《おな》じだ。人類《じんるい》の認知《にんち》によって生《う》み出《だ》されたものだ。」

「……それじゃあ。」

照朝《てるあさ》の頭《あたま》にひとつの答《こた》えが少《すこ》しずつ浮《う》かび上《あ》がってくる。

「おまえの悪魔《あくま》のチカラはなんだ？」

「『一分間《リミテッド・パーフェクト》の絶対固定』。」

「条件《じょうけん》は？」

「『この手《て》で触《ふ》れること』。」

「触《ふ》れるとはなんだ？」

ぼんやりとしていた答《こた》えが、すでにはっきりと見《み》えていた。

「すべてはおまえの心《こころ》が決《き》め、認知《にんち》することだ。そうすればおまえはこの世《よ》に存在《そんざい》する森《しん》羅万象《らばんしょう》のすべてに触《ふ》れることができる。」

照朝《てるあさ》は自分《じぶん》の右手《みぎて》を見《み》つめた。

「おまえならできる！」

清司《せいじ》は力強《ちからづよ》く断言《だんげん》した。

「愛《あい》する者《もの》のために、戦《たたか》え！　照朝《てるあさ》。」

清司《せいじ》はそう言《い》って、照朝《てるあさ》の肩《かた》にぽんと手《て》を置《お》いた。

「わかったよ、父《とう》さん。」

しかし、その決意《けつい》に清司《せいじ》の返事《へんじ》はなかった。すでに去《さ》っていったあとだった。だが寂《さび》しさはない。照朝《てるあさ》にはやらねばならないことがあったから。

「ありがとう、父《とう》さん。」

ガドの右手《みぎて》にタトゥーが浮《う》かび上《あ》がる。

《『世界逆行《リバーアクシス》』発動《はつどう》!!》

同時《どうじ》に照朝《てるあさ》も悪魔《あくま》のチカラを発動《はつどう》させる。

「発動《はつどう》!!　『一分間の絶対固定《リミテッド・パーフェクト》』。」

時《とき》が戻《もど》りかける。照朝《てるあさ》はそれを「認知《にんち》」することができていた。逆行《ぎゃっこう》する「時《とき》」を掴《つか》みその場《ば》に固定《こてい》する。

《なぜだ!?　なぜ時《とき》が戻《もど》らん！》

ガドが、そして、一体化《いったいか》している崩心《ほうしん》が激《はげ》しく動揺《どうよう》している。

「『一分間の絶対固定《リミテッド・パーフェクト》』で時間《じかん》を止《と》めた。おまえたちの負《ま》けだ！　コルジア、ジャッジを！」

コルジアがばさりと翼《つばさ》を広《ひろ》げる。

「判定《はんてい》！　『一対《たい》五』で織田照朝《おだてるあさ》の勝《か》ち。よって、勝者《しょうしゃ》は織田照朝《おだてるあさ》だ。」

「ま、待《ま》て！　コルジア！」

ガドが慌《あわ》ててコルジアを捕《つか》まえようとするも、コルジアは大《おお》きく翼《つばさ》を羽《は》ばたかせ飛《と》んでかわす。

「これにて『冥王剣闘士《ザ・グラディエーター》』終了《しゅうりょう》！　約束《やくそく》どおり『ジラーニエ』と悪魔《あくま》の鍵《かぎ》は消滅《しょうめつ》し、アクマゲームが二度《にど》と行《おこな》われることはない。貴様《きさま》たちとも二度《にど》と会《あ》うことはないだろう。Ho《ホ》ー Ho《ホ》ー、さらばだ。」

コルジアが消《き》えた。同時《どうじ》に閉鎖空間《へいさくうかん》が解《と》かれる。

「ぐうわあああああ!!　熱《あつ》い!!　熱《あつ》いぞぉおおおおお!!」

ガドの身体《からだ》が煮《に》えたぎるマグマのように赤《あか》く燃《も》えている。その熱《ねつ》にもがき苦《くる》しむガド。

「崩心《ほうしん》!?」

ガドの胸《むね》に崩心《ほうしん》の顔《かお》が現《あらわ》れた。

「熱《あつ》い!!　燃《も》える!!　こんなはずじゃあ、こんなはずじゃあ……。」

ガドが炎《ほのお》に包《つつ》まれる。

その火《ひ》が消《き》えたとき、ガドも崩心《ほうしん》の姿《すがた》もなかった。悪魔《あくま》の鍵《かぎ》も、ジラーニエも。

「お、終《お》わったの……？」

まだ信《しん》じられない表情《ひょうじょう》の紫《ゆかり》。

「ああ、終《お》わった。破滅《はめつ》の危機《きき》は去《さ》ったんだ。」

照朝《てるあさ》たちは遺跡《いせき》の外《そと》に出《で》た。空《そら》にガドの幻影《げんえい》はない。
沈《しず》みかけた太陽《たいよう》がまた明日《あした》昇《のぼ》ってくることを約束《やくそく》してくれているようだった。

9 再《さい》会《かい》

すっかり世界《せかい》は日常《にちじょう》を取《と》り戻《もど》していた。

まるで誰《だれ》もが悪《わる》い夢《ゆめ》をみていたかのように、牛頭《ごず》の悪魔《あくま》の存在《そんざい》を忘《わす》れ、人類《じんるい》が滅亡《めつぼう》の危《き》機にあったことを忘《わす》れ、日々《ひび》を過《す》ごしていた。

(いや、ぜんぶ忘《わす》れたわけじゃあ、きっとない。)

照朝《てるあさ》はそう思《おも》っていた。

ひとびとはあの恐《おそ》ろしい悪魔騒動《あくまそうどう》をすべて「なかった」ことにしようとしているわけではないと。

欲《よく》に狂《くる》い、ひとを騙《だま》し、ひとから奪《うば》い、そして争《あらそ》う。それがどんなに愚《おろ》かなことか、皮《ひ》肉《にく》にも「悪魔《あくま》」という存在《そんざい》から学《まな》んだのではないかと思《おも》う。

(街《まち》にほんの少《すこ》し笑顔《えがお》と優《やさ》しさが増《ふ》えた気《き》がする。)

照朝《てるあさ》は、その変化《へんか》こそが人類《じんるい》がまだ良《い》い方向《ほうこう》へと進《すす》むことができる証《あかし》だと信《しん》じていた。

(変《か》わってしまったこととといえば……。)

照朝《てるあさ》はu《ユー》・u《ユー》・エンジニアリングを訪《おとず》れていた。

座《すわ》るひとを失《うしな》ったデスクがいまも【CEO《シーイーオー》】と書《か》かれた部屋《へや》に残《のこ》されている。

そのデスクの上《うえ》には、初《うい》と悠季《ゆうき》と照朝《てるあさ》の三人《にん》で撮《と》った写真《しゃしん》がフレームに入《い》れて置《お》いてある。

「初《うい》……。」

いちばんの親友《しんゆう》を失《うしな》ってしまった哀《かな》しみはまだ癒《い》えずに照朝《てるあさ》の中《なか》に強《つよ》く深《ふか》く残《のこ》っていた。

デスク脇《わき》にあるメインサーバーの電源《でんげん》を入《い》れる。

「ブウゥウン。」

起動音《きどうおん》はするものの、モニターにおろちが現《あらわ》れることはない。初《うい》がいなくなってから、おろちはスリープ状態《じょうたい》のまま起《お》きることはなかった。開発者《かいはつしゃ》の悠季《ゆうき》でも原因《げんいん》はわからないという。

夕方《ゆうがた》、照朝《てるあさ》はu《ユー》・u《ユー》・エンジニアリングを出《で》て、海《うみ》に向《む》かった。

そこには、寄《よ》せては返《かえ》す波《なみ》をただじっと見《み》つめる悠季《ゆうき》の姿《すがた》が。

「あ、照朝《てるあさ》くん……。」

照朝《てるあさ》に気《き》づいて振《ふ》り返《かえ》るも、その瞳《ひとみ》に生気《せいき》はない。

悠季《ゆうき》は最後《さいご》のアクマゲーム以降《いこう》、つまり、自身《じしん》の手《て》で黒田《くろだ》を死《し》に追《お》いやってしまってからずっと元気《げんき》がない。

——わたしも罪《つみ》を背負《せお》います！

あのときの言葉《ことば》どおり、悠季《ゆうき》は黒田《くろだ》の命《いのち》という大《おお》きな十字架《じゅうじか》を背負《せお》うことになってしまった。

(世界《せかい》は少《すこ》しだけ笑顔《えがお》になった。でも、俺《おれ》たちはどうだ。)

笑《わら》えているだろうか。

照朝《てるあさ》は、最近《さいきん》のことを思《おも》い出《だ》しても、笑《わら》ったことがないことに気《き》づく。

照朝《てるあさ》は悠季《ゆうき》のそばに腰《こし》を下《お》ろした。

ふたりはなにも言葉《ことば》を交《か》わさない。ただ、波《なみ》の音《おと》だけが繰《く》り返《かえ》されている。

だが、波音《なみおと》をかきけすようなやかましい声《こえ》が聞《き》こえてきた。

「なあ頼《たの》む！　後生《ごしょう》じゃきに、それをワシに譲《ゆず》ってくれ！」

照朝《てるあさ》はその声《こえ》に聞《き》き覚《おぼ》えがあった。

（いや、まさか⁉）

振《ふ》り返《かえ》ると、そこには、小学生《しょうがくせい》に頭《あたま》を下《さ》げる小柄《こがら》な男《おとこ》が。その小《ちい》さな背中《せなか》にも照朝《てるあさ》は見《み》覚《おぼ》えがあった。その男《おとこ》の周《まわ》りにいるいかにも「反社会的《はんしゃかいてき》」な男《おとこ》たちにも。

「鮫島《さめじま》⁉」

照朝《てるあさ》の最初《さいしょ》のアクマゲームの対戦者《たいせんしゃ》、丸子光秀《まるこみつひで》のお守《も》り役《やく》だ。

「おお！　織田照朝《おだてるあさ》！　久《ひさ》しいのう。」

照朝《てるあさ》の声《こえ》に気《き》づいた小柄《こがら》な男《おとこ》が顔《かお》を上《あ》げてこちらを振《ふ》り向《む》いた。

「丸子《まるこ》⁉　どうしてここに⁉」

照朝《てるあさ》は立《た》ち上《あ》がって、丸子《まるこ》に駆《か》け寄《よ》る。足《あし》はある。両肩《りょうかた》を掴《つか》む。感触《かんしょく》もある。実体《じったい》だ。

一体《いったい》なにが起《お》きているのか理解《りかい》が追《お》いつかなかった。

「おまえ、死《し》んだんじゃなかったのか!?」

「おお、ワシもそう思《おも》っとったんじゃが、なんやら暗《くら》くて狭《せま》いとこにずっと閉《と》じ込《こ》められとってのう。」

丸子《まるこ》の説明《せつめい》ではいまいちよくわからない。

「それが、昨夜突然《ゆうべとつぜん》事務所《じむしょ》に二代目《だいめ》が現《あらわ》れまして。あっしらもなにがなにやら。」

鮫島《さめじま》も困惑《こんわく》しているようだ。

そのとき、悠季《ゆうき》のスマホが鳴《な》った。

「……もしもし？　え？　蘭《らん》さん？」

悠季《ゆうき》は、相手《あいて》が蘭《らん》だとわかると、通話《つうわ》をスピーカーモードにした。これで照朝《てるあさ》にも会話《かいわ》が聞《き》こえる。

「悠季《ゆうき》さんとどうしても話《はな》したいと言《い》うひとがいるんです。いま代《か》わりますね。」

「もしもし。」

「え!?　その声《こえ》は!?」

「はい、黒田《くろだ》です。どういうわけか気《き》がついたら教団《きょうだん》の森《もり》にいました。すぐに蘭《らん》のところへ行《い》って……。理由《りゆう》はわかりませんが、もう一度《いちど》与《あた》えられた命《いのち》です。妹《いもうと》とともに罪《つみ》を償《つぐな》って生《い》きていこうと思《おも》います。」

「そうですか。よかった……本当《ほんとう》に。」

通話《つうわ》を切《き》った悠季《ゆうき》の目《め》から涙《なみだ》があふれる。しかし、その目《め》には光《ひかり》も戻《もど》ってきていた。

そのとき「おーい。」と照朝《てるあさ》のスマホが勝手《かって》に喋《しゃべ》り出《だ》した。

「おろち⁉」

急《いそ》いでスマホを取《と》り出《だ》す照朝《てるあさ》。

「よかった。やっと戻《もど》ってこれた。あのね、ボクの分析《ぶんせき》、聞《き》いてくれる？」

「ああ、もちろんだ。」

おろちの説明《せつめい》を待《ま》ちつつも、照朝《てるあさ》にはある程度予測《ていどよそく》はついていた。

「悪魔《あくま》の鍵《かぎ》が消滅《しょうめつ》したことで、悪魔《あくま》の鍵《かぎ》によって清算《せいさん》されたものも元《もと》に戻《もど》ったんだ。つまり……。」

「ああ、わかってる。」

最後《さいご》まで聞《き》く必要《ひつよう》はなかった。

そのとき遠《とお》くのほうで照朝《てるあさ》と悠季《ゆうき》を呼《よ》ぶ声《こえ》がした。ふたりは声《こえ》のほうを見《み》る。

太陽《たいよう》を背《せ》に、逆光《ぎゃっこう》の中《なか》、ひとりの男《おとこ》がこちらに歩《ある》いてきていた。

偉《えら》そうで、自信満々《じしんまんまん》で、少《すこ》し大股《おおまた》なその特徴的《とくちょうてき》な歩《ある》き方《かた》。幼《おさな》いころから照朝《てるあさ》と悠季《ゆうき》がよく見《み》てきた歩《ある》き方《かた》だ。

「初《うい》!!」

「初《うい》くん!!」

ふたりは初目《ういめ》がけて駆《か》け出《だ》した。

「照朝《てるあさ》！　悠季《ゆうき》！」

初《うい》もふたりに向《む》かって駆《か》けてきた。

照朝《てるあさ》は初《うい》を抱《だ》きしめた。遅《おく》れてきた悠季《ゆうき》も抱《だ》きしめた。初《うい》はふたりを抱《だ》きしめ返《かえ》す。

三人《にん》の目《め》から涙《なみだ》があふれ出《で》て止《と》まらない。

「おかえりなさい、初《うい》くん。」

「ただいま、悠季《ゆうき》。」

「遅《おそ》いぞ、初《うい》。丸子《まるこ》や黒田《くろだ》よりもあとなんて。」

泣《な》いてしまった照《て》れ隠《かく》しのつもりだった。しかし、いつもクールな初《うい》が素直《すなお》に「ごめん。」と謝《あやま》ってきた。余計《よけい》に涙《なみだ》が止《と》まらない。

優《やさ》しい日《ひ》の光《ひかり》に包《つつ》まれながら、三人《にん》はしばし再会《さいかい》の喜《よろこ》びを噛《か》み締《し》めていた。

「変《か》えてやろうぜ、俺《おれ》たちで、この世界《せかい》を。」

抱《だ》きしめていた照朝《てるあさ》と悠季《ゆうき》と離《はな》れ、初《うい》は言《い》った。

「うん！　三人《にん》で、ね。」

悠季《ゆうき》が力《ちから》いっぱい応《こた》えた。

「ああ！」

照朝《てるあさ》も心《こころ》の底《そこ》から声《こえ》を出《だ》した。

「神様《かみさま》にも悪魔《あくま》にも任《まか》せてなんていられない。この世界《せかい》をよくするのは俺《おれ》たち自身《じしん》だ。」

照朝《てるあさ》たちの新《あたら》しい挑戦《ちょうせん》が、ここから始《はじ》まる。

0 物語《ものがたり》の鍵《かぎ》

「教授《きょうじゅ》！　これを見《み》てください！」
そこは最近発見《さいきんはっけん》されたばかりの遺跡《いせき》。
そこで発掘作業《はっくつさぎょう》をしていた研究員《けんきゅういん》のひとりが、祭壇《さいだん》を発見《はっけん》する。
そこに祀《まつ》られていたのは、一本《ぽん》の鍵《かぎ》らしきもの。
【θυσία σέ το στον διάβολο《悪魔に捧げよ》】
祭壇中央《さいだんちゅうおう》には、そう記《しる》されていた。

〈FIN《フィン》〉

＊著者紹介

百舌涼一《もずりょういち》

1980年、山口県周南市出身。大学卒業後、広告制作会社に就職。コピーライターを生業とする。『ウンメイト』（「アメリカンレモネード」を改題、ディスカヴァー・トゥエンティワン）で第2回本のサナギ賞を受賞し、小説家デビュー。『ゼツメッシュ！　ヤンキー、未来で大あばれ』（原題「ロストカゾク」、講談社青い鳥文庫）で、第3回青い鳥文庫小説賞金賞を受賞。おもな作品に『17シーズン　巡るふたりの五七五』（講談社）、『生協のルイーダさん　あるバイトの物語』『中退サークル』（ともに集英社文庫）などがある。

＊原作者紹介

メーブ

漫画原作者。2013年より『ACMA:GAME』の原作を担当、2017年までの長期連載となる。おもな漫画原作に『BRAVE BELL』（漫画：小金、講談社）、『闇バイト先は異世界でした』（漫画：オギノユーヘイ、KADOKAWA）などがある。

＊作画者紹介

恵広史《めぐみこうじ》

石川県金沢市生まれ。2002年、「HALLOWEEN OF FULLMOON」が第68回週刊少年マガジン新人漫画賞に入選。同作が「マガジンFRESH」に掲載され、漫画家デビュー。2004年、田中芳樹の小説『創竜伝』（講談社）をコミカライズ。その他の作品に『BLOODY MONDAY』（原作：龍門諒）、『ACMA:GAME』（原作：メーブ、ともに講談社）などがある。

この講談社KK文庫を読んだご意見・ご感想などを下記へお寄せいただければうれしく思います。なお、お送りいただいたお手紙・おハガキは、ご記入いただいた個人情報を含めて著者にお渡しすることがありますので、あらかじめご了解のうえ、お送りください。

〈あて先〉
〒112−8001 東京都文京区音羽2−12−21
講談社青い鳥文庫編集気付 百舌涼一先生

この本は、劇場版『ACMA:GAME《アクマゲーム》 最後《さいご》の鍵《かぎ》』(2024年10月公開)をもとにノベライズしたものです。

★この作品はフィクションです。実在の人物、団体名等とは関係ありません。

講談社KK文庫

劇場版《げきじょうばん》 ACMA:GAME《アクマゲーム》 最後《さいご》の鍵《かぎ》 映画《えいが》ノベライズ

2024年9月27日 第1刷発行 (定価はカバーに表示してあります。)

著者 百舌涼一《もずりょういち》
原作 原作:メーブ 作画:恵広史《めぐみこうじ》
(「週刊少年マガジン」所載)

装丁 大岡喜直(next door design)
発行者 安永尚人
発行所 株式会社 講談社
〒112−8001 東京都文京区音羽2−12−21
電話 編集 東京(03)5395−3536
販売 東京(03)5395−3625
業務 東京(03)5395−3615

印刷所 株式会社新藤慶昌堂
製本所 株式会社国宝社
本文データ制作 講談社デジタル製作

KODANSHA

N.D.C.913 182p 18cm Printed in Japan ISBN978-4-06-536732-2

大人気シリーズ!!

『それは正義《せいぎ》が許《ゆる》さない！ シリーズ』

藤本《ふじもと》ひとみ／原作　住滝《すみたき》 良《りょう》／文
茶乃《ちゃの》ひなの／絵

ストーリー

七鬼家《なきけ》の次の当主・忍《しのぶ》の警護係に採用された３人の女子中学生。志願した理由は、みんな忍に恋してるから！　さらに３人には秘密が……。次々に起こる謎の事件を解決して、「忍様をお守りします！」

警護係
がんばるぞ！

主人公

桃子《ももこ》

『人狼《じんろう》サバイバル シリーズ』

甘雪《あまゆき》こおり／作　ｈｉｍｅｓｕｚ《ひめすず》／絵

ストーリー

謎の洋館ではじまったのは「リアル人狼ゲーム」。正解するまで脱出は不可能。友を信じるのか、裏切るのか──。究極のゲームの中で、勇気と知性、そして本当の友情がためされる！

狼は誰だ!?
絶対に
負けない！

主人公

赤村《あかむら》ハヤト

青い鳥文庫

『怪盗《かいとう》クイーン シリーズ』

はやみねかおる／作　K2商会《ケーツーしょうかい》／絵

ストーリー

超巨大飛行船《トルバドゥール》で世界中を飛びまわり、ねらうは「怪盗の美学」にかなうもの。そんな誇り高きクイーンの行く手に、個性ゆたかな敵がつぎつぎとあらわれる。超ド級の戦いから目がはなせない！

趣味はネコのノミ取りです。

主人公

クイーン

『トモダチデスゲーム シリーズ』

もえぎ 桃《もも》／作　久我山《くがやま》ぼん／絵

ストーリー

久遠永遠は、訳あってお金持ち学校に入れられた、ぼっち上等、ケンカ最強の女の子。夏休みに学校で行われた「特別授業」は、友だちの数を競いあうサバイバルゲーム!?『ぼっちは削除だ！』

こんな
ゲーム
やめろ！

主人公

久遠永遠《くどうとわ》

大人気シリーズ!!

『星《ほし》カフェ シリーズ』

倉橋燿子《くらはしようこ》／作　たま／絵

ストーリー

ココは、明るく運動神経バツグンの双子の姉・ルルとくらべられてばかり。でも、ルルの友だちの男の子との出会いをきっかけに、毎日が少しずつ変わりはじめて。内気なココの、恋と友情を描く！

新しい
自分を
見つけたい！

主人公
水庭湖々《みずにわここ》

『小説《しょうせつ》 ゆずのどうぶつカルテ シリーズ』

伊藤《いとう》みんご／原作・絵　辻《つじ》みゆき／文
日本《にっぽん》コロムビア／原案協力

ストーリー

小学５年生の森野柚は、お母さんが病気で入院したため、獣医をしている秋仁《あきひと》叔父さんと「青空町わんニャンどうぶつ病院」で暮らすことに。 柚の獣医見習いの日々を描く、感動ストーリー！

動物ニガテ
なんですけ
ど〜〜〜!!

主人公
森野《もりの》 柚《ゆず》

青い鳥文庫

『ひなたとひかり シリーズ』

高杉六花《たかすぎりっか》／作　万冬《まふゆ》しま／絵

・・・・・・・ ストーリー ・・・・・・・

平凡女子中学生の日向は、人気アイドルで双子の姉の光莉《ひかり》をピンチから救うため、光莉と入れ替わることに!!　華やかな世界へと飛びこんだ日向は、やさしくほほ笑む王子様と出会った……けど!?

入れ替わる
なんて
どうしよう！

主人公

相沢日向《あいざわひなた》

『黒魔女《くろまじょ》さんが通《とお》る!! & 6年《ねん》1組《くみ》 黒魔女《くろまじょ》さんが通《とお》る!! シリーズ』

石崎洋司《いしざきひろし》／作
藤田《ふじた》 香《かおり》&亜沙美《あさみ》／絵

・・・・・・・ ストーリー ・・・・・・・

魔界から来たギュービッドのもとで黒魔女修行中のチョコ。「のんびりまったり」が大好きなのに、家ではギュービッドのしごき、学校では超・個性的なクラスメイトの相手、と苦労が絶えない毎日！

早くふつうの
女の子に
もどりたい。

主人公

黒鳥千代子《くろとりちよこ》
（チョコ）

大人気シリーズ!!

『ララの魔法《まほう》のベーカリー シリーズ』

小林深雪《こばやしみゆき》／作　牧村久実《まきむらくみ》／絵

ストーリー

中学生のララは明るく元気な女の子。ララが好きなもの、それはパン。夢は世界一のベーカリー。パンの魅力を語るユーチューブにも挑戦中。イケメン４兄弟に囲まれて、ララの中学生活がスタート！

夢は自分のパン屋さんを持つこと。

主人公
夢咲《ゆめさき》ララ

『若《わか》おかみは小学生《しょうがくせい》！ シリーズ』

令丈《れいじょう》ヒロ子《こ》／作　亜沙美《あさみ》／絵

ストーリー

事故で両親をなくした小６のおっこは、祖母の経営する温泉旅館「春の屋」で暮らすことに。そこに住みつくユーレイ少年・ウリ坊に出会い、ひょんなことから春の屋の「若おかみ」修業を始めます。

どんなお客様も笑顔に！

主人公
関《せき》 織子《おりこ》
（おっこ）

青い鳥文庫

『エトワール！ シリーズ』

梅田《うめだ》みか／作　結布《ゆう》／絵

ストーリー

めいはバレエが大好きな女の子。苦手なことにぶつかってもあきらめず、あこがれのバレリーナをめざして発表会やコンクールにチャレンジします。バレエのことがよくわかるコラム付き！

ずっとバレエを踊っていきたい！

主人公 森原《もりはら》めい

『氷《こおり》の上《うえ》のプリンセス シリーズ』

風野《かぜの》 潮《うしお》／作　Nardack《ナルダク》／絵

ストーリー

小5の時、パパを亡くしフィギュアスケートのジャンプが飛べなくなってしまったかすみ。でも、一生けんめい練習にはげみます。「シニア編」も始まり、めざすはオリンピック！ 恋のゆくえにも注目です♡

何よりもフィギュアが大好き♡

主人公 春野《はるの》かすみ

大人気シリーズ!!

『藤白《ふじしろ》くんのヘビーな恋《こい》 シリーズ』

神戸遥真《こうべはるま》／作　壱《いち》 コトコ／絵

ストーリー

不登校だったクラスメイト藤白くんを学校に誘ったクラス委員の琴子。すると、登校してきた藤白くんが、琴子の手にキスを！　藤白くんの恋心は誰にもとめられない!?　甘くて重たい恋がスタート！

主人公

椿森琴子《つばきもりことこ》

『きみと100年分《ねんぶん》の恋《こい》をしよう シリーズ』

折原《おりはら》みと／作　フカヒレ／絵

ストーリー

病気で手術をした天音はあと３年の命!?と聞き、ずっと夢見ていたことを叶えたいと願う。それは、"本気の恋"。好きな人ができたら、世界でいちばんの恋をしたいって。天音の" 運命の恋"が始まる！

主人公

鈴原天音《すずはらあまね》

青い鳥文庫

『探偵《たんてい》チームKZ《カッズ》事件《じけん》ノート シリーズ』

藤本《ふじもと》ひとみ／原作　住滝《すみたき》 良《りょう》／文
駒形《こまがた》／絵

ストーリー

塾や学校で出会った超個性的な男の子たちと探偵チームKZを結成している彩。みんなの能力を合わせて、むずかしい事件を解決していきます。一冊読みきりでどこから読んでもおもしろい！

KZ《カッズ》の仲間が
いるから
毎日が刺激的！

主人公
立花《たちばな》 彩《あや》

『恋愛禁止《れんあいきんし》!? シリーズ』

伊藤《いとう》クミコ／作
瀬尾《せお》みいのすけ／絵

ストーリー

果穂は、男子が超ニガテ。なのに、女子ギライな鉄生《てつお》と、『恋愛禁止』の校則違反を取りしまる風紀委員をやることに！ところが、なぜか鉄生のことが気になるように……。これってまさか、恋!?

わたし
男性恐怖症
なのに……。

主人公
石野果穂《いしのかほ》